パワハラ聖女の幼馴染みと
絶縁したら、
何もかもが上手く
いくようになって
最強の冒険者
になった
～ついでに優しくて
可愛い嫁もたくさん出来た～
3
くさもち
Illust.
マッパニナッタ
JN018943

ダッシュエックス文庫

パワハラ聖女の幼馴染みと絶縁したら、何もかもが上手くいくようになって最強の冒険者になった3

～ついでに優しくて可愛い嫁もたくさん出来た～

くさもち

55章　海の神さまは魔物？

大国ラストールのヴァエル王によって魔物の細胞を埋め込まれてしまった人々を救うべく、〝水〟と〝繁栄〟を司る女神――シヌスさまのもとを訪れようとしていた俺たちは、港町イトルで〝人魚〟の情報を集めていた。

両生でありつつも主に水域に住処を構える彼らならば、海中を移動する術を知っているのではないかと考えたからだ。

だがその最中、俺は口元が妙にセクシーな占い師の女性からとんでもないことを告げられる。

それは現状四人揃っている聖女を〝七人〟集めろというものだった。

七人揃うことではじめて俺たちはその本領を発揮し、何か大いなる運命に立ち向かうことができるのだと。

しかも残り三人のうちの一人が人魚と関わりがあり、彼女の居場所をすでに俺が知っているとも言った。

俺にはさっぱり見当がつかなかったのだが、それよりも俺の頭を悩ませていたのは、聖女を

〝七人〟集めなければならないということの方だった。

恐らくは〝七つのレアスキルに因んだ者たちを集めろ〟ということだとは思うのだが、それはつまり俺の幼馴染みで《剣聖》のレアスキルを持つ〝剣〟の聖女――エルマも仲間にしないといけないということになってしまうからだ。

言わずもがな、俺は彼女のパワハラが原因でパーティーを抜けている。

ゆえに俺は〝弓〟の聖女であるザナの妹であり、彼女と同じ《天弓》のレアスキルを持つアイリスの可能性を必死に模索していたのだが、

「その、とても言いづらいのですが……」

そんな俺に、母性的な面持ちの金髪美女が申し訳なさそうに言った。

俺のお嫁さんの一人で〝杖〟の聖女――マグメルである。

「諦めましょう、イグザさま……。未だ正体の知れぬその方の仰ったことを全て鵜呑みにするわけではありませんが、やはり〝七つのレアスキルをそれぞれ持つ者〟という可能性の方が自然と言いますか……」

「ですよね……」

マグメルに諭され、がっくりと肩を落とす俺。

いや、まあわかっていたことなんだけどな……。

はあ……、と嘆息しつつ、俺は気を取り直して〝人魚と関係のある聖女の行方を俺が知っている〟ということについても話し合ってみることにした。

真っ先に候補に上がったのはやはりエルマだったが、そもそも彼女が今どこにいるかなんて見当もつかない上、今までの旅路でも〝剣〟の聖女の話題自体一切聞かなかったことから、その線は薄いのではないかという結論が出された。

何せ、あいつは〝超〟がつくほどの目立ちたがり屋だからな。

どこかに立ち寄っているのなら必ず注目の的になっているはずだし、それがない以上、たぶん彼女ではないのだろう。

だがそうなると、だ。

やはりまだ見ぬ新しい聖女ということになる。

「ふむ、残るレアスキルは〝皇拳〟と〝宝盾〟だったか。アイリスたちのようなケースは希だからな。恐らくはこの二つのどちらかを持つ者だろう」

そう壁に体重を預けながら腕を組むのは、氷のような雰囲気を持つ艶やかな銀髪の美女。

俺の正妻で〝槍〟の聖女――アルカディアである。

なお、彼女の愛称である〝アルカ〟は俺だけに許された特別な呼び名だったりする。

「確か《皇拳》は近接格闘に優れたスキルで、《宝盾》は防御特化型のスキルでしたね。何かこれに関連するような記憶などはございませんか？　イグザさま」

マグメルにそう問われるも俺にはまったく覚えがなく、「う〜ん……」と眉間に深いしわを刻む。

すると、それを見たアルカが嘆息して言った。

「やはり最初からイグザの旅路や交友関係などを洗っていくしかないか……」

「そうですね……」

と、この一向に進まない話の雰囲気にいい加減嫌気が差してきたのか、淡褐色の肌に燃えるような赤髪が特徴の美女が無造作に頭を掻いて言った。

「あーもうやめだやめ。さっきから話が全然進まねえじゃねえか」

マグメルやアルカと同じお嫁さんの一人で〝斧〟の聖女――オフィールである。

「仕方ないでしょう？　有益な情報がほとんどないのだから」

そんな彼女を冷静に窘めるのは、ミステリアスな雰囲気を漂わせる黒髪の美女。

先ほどアイリスのくだりでも話題に出ていた〝弓〟の聖女――ザナだ。

もちろん彼女も俺のお嫁さんである。

「だからってこんな辛気くせえことをいつまでもやってられるかってんだ」

そう言ってオフィールが部屋から出て行こうとする。

「ちょ、どちらへ行くおつもりですか!?」

当然、声を張り上げて呼び止めたマグメルに、オフィールは「んなもん決まってんだろ？」と外を親指で差して言った。

「こういう時はぱあっと魔物でも狩ってストレスを発散してくんだよ」

「ぱあっと魔物でもって……。ですがもうとっくに日は落ちているのですよ？」

「はっ、なら真面目(まじめ)ちゃんはママのおっぱいでも飲んでさっさとおねんねしてな。なんなら子(こ)守歌(もりうた)でも歌ってやろうか？」

と、オフィールとしては皮肉を込めて言ったつもりだったのだろうが、

「――し、失礼な!?　むしろ私(わたくし)はおっぱいを飲ませておねんねさせて差しあげる側です！」

「「「……」」」

――ちらっ。

「あの、揃ってこっち見るのやめてね……？」

てか、何故(なぜ)即座に俺の方を見る……。

いや、まああながち間違っちゃいないんだけどさ……。

でもそれは正直仕方ないと思うんです。

だって彼女、めちゃくちゃ甘えさせてくれるんだもの。

そりゃおっぱいの一つも飲んでおねんねしたくもなるわ。

俺は恥ずかしさを隠すようにげふんっと一つ咳払いをして話題を変える。

「ところでオフィールの話でちょっと思い出したことがあるんだけど、最近この町の近海に魔物が出るようになったって言ってたよな？　おかげで漁獲量が減ってるとかなんとか」

「ああ、確か女将がそんなことを言っていたな。ギルドに依頼を出してはいるが、なかなか討伐できずにいると」

「うん。確かにこのままだと埒が明かなそうだからな。オフィールの言うとおり、何か一度別のことをして気分をリフレッシュさせるのもいいんじゃないかと思ってさ。それで困ってる人たちも助かるならこんなにいいことはないだろ？」

俺がそう提案すると、オフィールがにっと嬉しそうに笑って言った。

「お、さすがはあたしの男だぜ！　わかってるじゃねえか！」

「はは、まあ海の上で戦うわけだから難易度はかなり高めかもしれないけどな」

「はっ、別に構やしねえよ！　海だろうと山だろうとこのオフィールさまがまとめてぶっ飛ばしてやるぜ！」

ぐっと拳を握り、すでにやる気満々のオフィールだったのだが、

「おい、ちょっと待て。その前にイグザは私の男だぞ」

「いいえ、私の殿方です」

「あら、私の愛しい人を勝手に盗らないでもらえるかしら？」

「いや、そこは今重要じゃねえだろ……」

というように、女子たちは相変わらず平常運転なのであった。

「さてと」

「うん？」

そんな最中のことだ。

ふとザナが俺の腕をとって言った。

「とりあえず話もまとまったようだし、そろそろ休みましょうか。じゃあおやすみなさい」

——すたすた。

「いや、ちょっと待て⁉　何を普通にイグザと褥をともにしようとしている⁉」

当然、順番的には本日のお相手となるアルカから抗議の声が上がる。

すると、ザナは相変わらず俺と腕を組んだまま言った。

「そんなの決まっているでしょう？　もちろん彼に抱いてもらうためよ」

「〝ためよ〟ではない！　お前は一昨日十分抱いてもらっただろうが⁉　ならば次は私の番の

はずだ！」

「あら、そうなの？　でもごめんなさいね。前にも言ったと思うのだけれど、私、彼にほかの女を抱いてほしくないの。それじゃ」

――すたすた。

「だから待てと言ってるだろう!?　というか、イグザからもはっきり言ってやれ！　次は正妻である私の番だとな！」

「あ、うん……。そういうわけだから、今日は我慢してくれないかな……？」

アルカの迫力に押され、俺がザナを宥めるようにそう言うと、

「嫌よ」

「嫌かぁ……」

即行で断られました……。

「だって昨日はアイリスに譲ったもの。ならあとはもう私だけの番でしょう？」

それは一体どういう理屈なんだろう……、と呆けていた俺だったが、ザナとしてもさすがにこれ以上我を通すつもりはないらしく、「……わかったわ」と小さな息を吐いて言った。

「じゃあ代わりにおやすみのキスをして。そうしたら今日は彼女に譲ってあげる」

「う、うん……」

まあそれで引いてくれるならと思い、俺はザナにおやすみのキスをしてあげようとしたのだ

が、

「んっ……ちゅる……」

「!?!?!?」

な、何故舌を入れてくる!?

おやすみのキスってもっと軽い感じだった気がするんだけど!?

「ちょ、ザナ……っ!?」

「あん、やっぱりダメ……。キスしたらいやらしい気分になっちゃった……。ねえ、もうここでいいからして……?」

「ええっ!?　ちょ、ちょっと……おわあっ!?」

どさり、と床に押し倒され、そのまま強引に唇を奪われる俺。

「ん〜っ!?」

当然、じたばたともがいていた俺だったのだが、そんな俺たちを女子たちは冷たく見下ろして言ったのだった。

「なあ、あたしら一体何を見せられてんだ?」

「さあ。ただザナさまが危険人物だということはよくわかりました」

「というか、あいつはもう妾の資格を剝奪してもいいと私は思う。むしろクビだ（怒）」

「……あっ、これ深い……んっ」

そんなこともあってか、可愛らしく頬を膨らませていたアルカとダブルベッドがある隣室に移動した俺は、彼女から〝今日は時間をかけて愛してほしい〟と頼まれた。

なんでも俺の温もりをずっと感じていたいのだとか。

確かに最近はザナとの出会いやヴァエル王との一件もあって、なかなか彼女と二人きりの時間もとれなかったからな。

俺だってアルカの温もりを感じていたいし、要望通り今夜はゆっくりと時間をかけて彼女を愛してあげよう。

そう思いながら、俺はアルカを抱いた。

「んちゅ……れろ……ちゅっ」

いつもよりキスの回数が多いのは、やはり先ほどのザナを意識してのことだろうか。

できれば顔の見える体位がいいとのことだったので、今日は後ろからはせず、主に対面で幾度も一つに交わり合う。

そんな中、彼女が俺を誘ってきたのが、ほかの女子たちがいる部屋の方の壁に体重を預けて交わる体位だった。

アルカの両足を抱えるようにして、彼女の背を壁に押しつける形で突き上げるのである。

立ってするのはさすがの俺もはじめてだったのだが、もしかしたら自分が一番愛されているということを隣室の女子たちに訴えたいのかもしれないな。

「頼む、イグザ……んっ。私を愛していると、言ってくれ……あっ」

「ああ、愛してる……っ。君は俺だけのものだ、アルカ……っ」

「嬉しい……。私もお前を、心から愛して……はあんっ♡」

ぎゅっと力いっぱい抱きついてくるアルカの吐息の熱さに、俺の彼女を突き上げる速度も一層勢いを増していく。

「ああんっ♡　ん、あっ♡　はああっ……あ、気持ちいい……っ。も、もっと激しく突いてくれ……っ。ああっ♡　も、もっと！　もっとぉ！　んはあああああああああんっ♡」

ばちゅっばちゅっ、と淫靡な音を室内に響かせながら、アルカが快楽に身悶えする。

そんな彼女が堪らないほど愛おしくて、俺はアルカの唇を貪りながら渾身の一突きとともに全ての精を彼女の中へと解き放つ。

「んんんんんんんんんっ♡」

その瞬間、アルカの身体がびくびくと痙攣し、すでに大洪水となっていた蜜壺がきゅっと俺

の一物を締めつけてくる。

「……ふわぁ……」

それから数秒の後、ふいに全身から力が抜けたアルカの顔は完全に蕩けきっており、目も虚ろな状態になっていた。

どうやらよほど激しく達したらしい。

ならきっと満足してくれただろうと思い、俺は彼女をベッドに運ぼうとしたのだが、

「……ダメ、抜かないで……」

「えっ？」

弱々しくも待ったがかかり、俺は顔を上げる。

すると、アルカが潤んだ瞳で俺を見つめ、

「……んっ……ちゅっ……」

ぎゅっと再び俺の首に腕を回し、唇を奪ってきた。

そして彼女は言う。

「まだ離れたくない……。もっといっぱいお前を感じさせてくれ……」

「大丈夫なのか？」

「うん……」

「わかった。ならもう一回だ」

――ぐちゅりっ。

「んああっ♡」

それから、結局俺たちは明け方まで激しく愛し合うことになるのだった。

翌朝。

妙ににっこにこで腕を組んでくるアルカに、同じく笑顔のマグメルが額に青筋を浮かべながら言った。

「昨日は随分とお楽しみだったご様子ですね？　アルカディアさま。お顔までそんなにつやつやになられて」

「ふ、まあな。やはり愛しい男に抱かれるのはいい。思わずこのまま駆け落ちしてしまいそうになったくらいだ。なあ？　イグザ」

「えっ？　そ、そうだね……」

「ふふ、それはそれは。もちろんその時はたとえどんな手を使ってでも必ず居場所を突き止めますので、どうぞお覚悟をしておいてくださいましね？　イグザさま」

——ごごごごごっ。

「ひえっ⁉」

マグメルのどこか闇を感じさせる笑みに俺が滝のような汗を流していると、彼女はそのままアルカに視線を戻して言った。

「それよりアルカディアさま。あなたに一つお伺いしたいのですが、わざわざ壁越しに私の枕元ではしたなくも夜通しお喘ぎになられていたのは、一体どのようなご了見でしょうか？」

「ふむ、どのようなと言われてもな。それほど激しくイグザが私を求めたということにほかならんだろう。ふふ、まったく困った男だ」

頬をつんつんしてくるアルカに、あの時同様、マグメルの口から「おん？」というドスの利いた声が漏れる。

だが今のアルカにはそれもどこ吹く風のようで、とても幸せそうに寄り添ってきていたのだが、

「ねっ？　私みたいに多少強引に行かないと乗り遅れるでしょう？」

「くそっ、マジかよ……」

と、何故か向こうの方でオフィールが頭を抱えていたのだった。

◇

ともあれ、俺たちはさっそくギルドで件のクエストを受注することにした。

とはいえ、目的の海域までは自力で行かないといけないため、漁師さんなど、誰か舟を貸してくれる人はいないものかと探していたのだが、

「――ほ、本当に見たんじゃ!?　だからあの魔物を殺すのはやめてくれ!?」


「「「「?」」」」

ふと港の桟橋付近で数人の男性が揉めている光景を目の当たりにして足を止める。

と。

「うるせえ!　そんなこと知るか!　俺たちゃもうクエストを受けてきてんだ!　文句があんならギルドに直接言やいいだろうがこのクソジジイ!」

――ごっ!

「あぐっ!?」

冒険者と思しき男性におじいさんが殴られ、地面へと倒れ込む。

「た、頼む……。あの魔物は違うんじゃ……」

だがそれでもおじいさんは諦めようとはせず、男性の足に縋(すが)りついていた。

当然、男性もさらに苛立(いらだ)ちが募(つの)ったのだろう。

「だからうるせえっつってんだろ！」

再び拳を振り上げようとしたので、

――ずどんっ！

「おぶあっ!?」

「「――っ!?」」

俺は槍状にしたヒノカグヅチの石突(いしづ)きで男性を突き飛ばしてやったのだが、

「――へぶっ!?」

――ざっぱーんっ！

「やべ、思ったよりも飛んじまった!?」

力加減を少々間違えたらしく、男性は結構遠くの方で頭から海へとダイブしていた。

ちょっと懲(こ)らしめてやるだけのつもりだったのだが、どうやら思った以上にパワーアップしていたらしい。

まあ最近は神さまやら魔王やらを相手にしていたからな……。

一応手加減はしていたし、たぶん生きてるとは思うんだけど……。

「な、なんだてめえらは!?」

「はっ、通りすがりの正義の味方ってやつだ。喧嘩がしてえっつーなら相手になるぜ？」

ぶんっ！　と聖斧の刃先を突きつけ、オフィールが不敵に睨みを利かせる。

聖女たちの中でも突出した実力を持つ彼女が威圧感を全開にしているのだ。

並みの冒険者がその視線に耐えられるはずもなく、

「お、おい、こいつらやべえぞ!?」

「ちっ、覚えてろよ！」

そんな捨て台詞を吐きながら、残りの冒険者たちもその場から去っていった。

「ふむ、さすがはグレートオーガといったところか」

「誰がグレートオーガだ!?　つーか、こんないい女のどこをどう見たらグレートオーガに見えるっつーんだてめえは!?」

「えっ？　全部……？」

むがーっ！　とグレートオーガ……ではなくオフィールがいきり立つ中、マグメルがおじいさんのもとへと駆け寄る。

「だ、大丈夫ですか？　今、治癒術をかけますね」

「あ、ああ、すまんのう……」

ぽわっと温かい光がおじいさんを包み込む。

結構激しく殴られていたような気がするが、幸いそこまで大きな怪我はしていないようだった。

「一体何があったんですか？」

マグメルと同じように、俺が目線の高さを合わせてそう尋ねると、彼は縋るような目を俺たちに向けてこう言った。

「わ、わしは見たんじゃ……。耳元にヒレのようなものがある少女が海竜の背に乗っておるのを……。あの魔物はただの魔物ではない……。あの魔物は、あの魔物はきっと〝海の神さま〟なのじゃ……っ！」

「「「「――っ!?」」」」

その言葉に、俺たちは揃って目を丸くしたのだった。

魔物が海の神さまとは一体どういうことなのか。

とりあえず詳しい話を聞くため、俺たちはおじいさんをベンチに座らせ、落ち着かせる。

すると、彼はゆっくりと語り始めてくれた。

「……この町には〝人魚〟の伝説があってな。彼らは上半身が〝人〟で下半身が〝魚〟という特徴を持つ亜人種なんじゃが、古来より〝神の遣い〟であるとも言われてきたのじゃ」

神の遣い……。

正直、それは初耳である。

「なるほど。だからあなたは少女とともにいたその海竜を海の神さまかもしれないと考えているのですね？」

マグメルの問いに、おじいさんは「うむ、そのとおりじゃ」と頷いて続ける。

「わしも最初は少女の方が神さまかとも思ったのじゃが、人魚は人と違って〝ヒレのような耳を持つ〟という話を聞いたことがあってのう。となれば、彼女の乗っていた海竜こそが神さまなのではないかと思い、ギルドにその旨を伝えようとはしたのじゃが……」

聞く耳を持ってくれなかったので、クエストを受けた冒険者たちを直接説得していたというわけか。

そりゃまあいきなり海を荒らしている魔物が神さまかもしれないと言われても、なかなか信じてはもらえないだろう。

だが俺たちは女神さまが〝穢れ〟の影響で変質している姿を目の当たりにしているからな。

十分信ずるに値する話だと俺は思う。

「ところでその〝海竜〟というのは何か特別な感じの魔物だったのかしら？　見た目が神秘的とか」

「いや、わしの見た感じでは通常の海竜種と何も変わらんように思えた。じゃが神の遣いたる人魚が魔物を従えて漁場を荒らすなどとはどうしても思えなくてのう……」

「なんか虫の居所でも悪かったんじゃねえのか？　腹減ってたとかよぉ」

「そんな理由で暴れるのはあなたくらいでしょう……」

そうマグメルがオフィールに半眼を向ける中、「ただ……」とおじいさんが思い出したように言った。

「一つだけ気がかりなことがあってな……」

「気がかりなこと？」と俺。

「うむ。わしの目が節穴でなければ、あの少女の下半身は人のそれと同じであったように見えたのじゃ」

人のそれと同じ？

つまりは〝足があった〟ということだろうか？

「ふむ、それは果たして〝人魚〟というのか？」

「わからぬ……。じゃがもしあの海竜が本当に海の神であるのならば、何か特別な人魚を連れておったとしてもなんらおかしくはない。可能性がゼロではない以上、迂闊に殺させるわけにはいかんのじゃ」

確かにそれが海の神……いや、〝水〟と〝繁栄〟を司る女神――シヌスさまだったとするならば、絶対に殺させるわけにはいかないだろう。

もっとも、人の力程度で殺せるのかどうかはさておき。

「それともう一つあなたに聞きたいのだが、以前からその少女の姿は目撃されていたのか？」

「いや、彼女が現れたのはここ最近のことじゃ。それまでは海竜のみが出没しておったと聞いておる。わしを含め、恐らくは数人くらいしか彼女を目撃しとらんのではなかろうか」

「ふむ、それもまた妙な話だな」

アルカが神妙な顔で考えを巡らせる中、俺は「なるほど」と頷いて言った。

「とりあえずお話はわかりました。ならその件に関しては俺たちがちょっと調べてみます」

「何？　よいのか？」

「ええ。今さらですけど、俺たち……というより、彼女たちは〝聖女〟と呼ばれる特別な力を宿した女性たちですので」

それを聞いたおじいさんが驚きの声を上げる。

「なんじゃと⁉　それはまことか⁉」

「へへ、実はそうなんだぜ？　じいさん。だからあたしらに任せときゃ万事解決ってやつよ」

「まあオフィールさま一人では不安しかありませんが、確かに私たちは聖女です。なのでこの件に関してはお任せください」

「おお、それはありがたい！　是非ともお願いしますぞ、聖女さま方！」

心底嬉しそうに平伏するおじいさんに、俺たちは揃って大きく頷いたのだった。

そうしておじいさんから小舟を借りた俺たちは、風属性の術技を動力にしてさっそく問題の海域へと向かう。

普段は割と穏やかな海域で、波もそこまで高くはないと聞いていたのだが、

――ざっぱーんっ！


「おい、これのどこが穏やかな海域なんだよ!?　つーか、この舟大丈夫なのか!?」

「あの、話しかけないでください……。今、割と限界なんで……うっぷ」

というように、海は荒れに荒れ、まるで嵐のようだった。

だがその原因は恐らくあれだろう。


「――グオオオオオオオオオオオオオオオオオオオオオオッッ!!」


海と同じ真っ青な身体をうねらせながら咆哮を上げている一体の魔物。

海竜種――〝リヴァイアサン〟である。

「ふむ、あれはどう見てもただの魔物だな」

「そうね。例の少女の姿も見えないし、とりあえず一度大人しくさせた方がいいんじゃないかしら?」

ザナの提案に、俺も頷く。

「そうだな。もし仮にあれがシヌスさまだったとしても、今は完全に理性を失っているし、申し訳ないけど少しダメージを与えて昏倒させよう。いけるか？　ザナ」

「ええ、もちろん」

揃って弓を構え、リヴァイアサンを射貫こうとした俺たちだったのだが、

「――後ろだッ！」

「――っ!?」

突如響いたアルカの警告に慌てて背後を振り返る。

刹那。

――どがんっ！

「うおっ!?」「きゃあっ!?」

何者かの一撃が俺たちを襲い、瞬間的に俺は双剣にすることでそれを受け止めていた。

「君は……っ!?」

そしてそこで俺は見る。

「――お母さんは殺させない……っ！」

そう怒りに満ちた顔で拳を叩きつけてくる――ヒレのような耳を持つ少女の姿を。

その少女はぱっと見、普通の人間のようだった。

歳の頃は十代半ばくらいだろうか。

綺麗な碧色のボブカットと水夫を模したような服装が特徴的で、勝手な想像だが、きっと普段は口数があまり多くはないのではなかろうかと感じさせるような、大人しい印象を与える少女である。

それが敵意を剥き出しにし、全身傷だらけながら今まさに俺たちを問答無用で襲いつつあるのだから、彼女の憤りがどれほどのものか容易に窺えよう。

そしてあの魔物を〝お母さん〟と呼んだくらいだ。

恐らく何か事情があるに違いない。

「ちょ、ちょっと待ってくれ!? 俺たちは別に君のお母さんを殺そうだなんて考えちゃいない!? だから少しだけ俺たちの話を聞いてくれ!?」

「嘘……っ。あなたたち冒険者はいつもそうやってお母さんを傷つけてきた……っ。絶対に許さない……っ！」

がんっ！　と下から飛んできた蹴りが俺のガードを崩す。

「ぐっ⁉」

その瞬間見えたのは、足首にもヒレのようなものがついているということだった。

しかも彼女の足に装着されている脛当ての輝きは、通常の防具のそれとは明らかに異なる神秘さを湛えていた。

籠手にしてもそうだ。

それにこの格闘術は……っ。

「落ちてッ！」

――どごっ！

「うおっ⁉」

「「イグザ⁉」」「イグザさま⁉」

素早く身体を捻った少女の飛び後ろ回し蹴りが俺の胴に深々と突き刺さる。

小柄な体躯だからなのか、攻撃は言わずもがな、それらを切り替えるスピードもかなり速い。

そしてこの的確に急所ばかりを狙ってくる近接格闘術の練度の高さ。

――間違いない。

やはりこの子のスキルは――《皇拳》。

つまり彼女は――〝拳〟の聖女。

占い師の女性にも言われていたが、確かに一筋縄ではいかなそうだ。

「うおおおおおっ！」

――ごうっ！

「――っ!?」

小舟から蹴り飛ばされた瞬間、俺はスザクフォームへと変身する。

「いい加減大人しくしろ！」

「そうだぜ、おチビちゃん！」

一瞬驚いたような表情を見せた少女の隙を突き、アルカとオフィールが彼女を取り押さえようとしたのだが、

――どがっ！

「ぐっ!?」

――ごっ！

「うげっ!?」

狭く足場も不安定な船上では少女の方に分があるらしく、揃って軽くあしらわれてしまう。

しかも。

――ざぱんっ！

「――なっ⁉」

そのまま海に飛び込んだかと思うと、次の瞬間には海面から飛び出し、俺の眼前へと拳を繰り出してきたではないか。

「はあッ！」

――どごっ！

「――っ⁉」

だが俺はそれをヒノカグヅチではなく〝素手〟で受け止める。

そう、彼女の攻撃を受けたことで、俺の中に新たな派生スキルが誕生したのだ。

――《疑似皇拳》。

近接格闘の最高峰レアスキルだ。

「くっ⁉」

俺の雰囲気が変わったことに少女も気づいたらしい。

「どうして……っ」

繰り出す攻撃が全て受けられたりいなされたりするのだ。

もちろん向こうは聖具を纏った一撃ゆえ、こちらは骨折と再生を繰り返しながら受けているのだが、それでも驚くことに変わりはない。

「うっ!?」

だから俺はその動揺の隙を突くかのように彼女の右腕と胴を背後から摑み、これ以上刺激しないようなるべく優しめの声音で言った。

「とりあえず話を聞いてくれ。俺たち……というか、あそこにいる彼女たちも君と同じ聖女なんだ」

「……聖女？」

「ああ、そうだ。そして俺たちの目的は〝水〟の女神であるシヌスさまに会うことであって、君のお母さんを殺すことじゃない。むしろ彼女が暴れ始めたのは最近のことだと聞いた。もしかしたら何か理由があるんじゃないのか？」

「だとしてもあなたたちには関係ない……っ。放して……っ」

身体をよじって抜け出そうとする少女だが、俺は彼女の拘束を緩めない。

「いや、放さない。このまま君たちを放置しておいたら、それこそ君のお母さんは冒険者たちに殺されることになる。当然、君もだ。だから俺に事情を話してくれ。見てのとおり、俺は〝火〟の女神の力を多く受け継いでいる。きっと君の悩みを解決できるはずだ」

「嘘……っ。そんな話、絶対に信じない……っ。だって水の女神さまはお母さんを助けてはくれなかった……っ。どんなにお願いしてもわたしの声に応えてはくれなかった……っ。だからあなたのことも信じない……っ。神さまなんて――絶対に信じない……っ！」

放してッ！　と泣き喚くように暴れた少女の裏拳が俺の顔をごっと殴りつける。

「あっ……」

一瞬〝しまった〟というような顔をした少女に、俺は「大丈夫」と微笑んで言った。

「ほら、今血が出てたところが燃えて消えるように治っただろ？　元々俺には《不死身》のスキルがあったんだけどさ、それが火の女神さまの力で《不死鳥》になったんだ。だからこうして飛べるし、傷だって炎が治してくれる」

それに、と俺は治癒の力で少女を包み込む。

「こうやって触れていれば君の傷を癒やすことだってできる。せっかくの美人さんが台無しだったからな。これでもうばっちりだ」

「どうして……」

「そりゃ君が悲しそうな顔をしていたからに決まってるだろ？　なんとかしてあげたいって思うのは当然だよ。それに俺ならきっと君のお母さんを助けてあげられる。だから一度だけでいい。俺を信じてほしいんだ」

俺がそう優しい口調で告げると、やがて少女の身体からふっと力が抜ける。

そして彼女は縋るような目でこう言った。

「……本当？　本当にお母さんを助けてくれる……？」

「ああ、必ず助けてやる。約束だ。だからその前に君の名前を教えてくれないかな？　俺はイグザっていうんだ」

「……わたしはティルナ。お母さんは人魚だけど、お父さんはあなたたちと同じ人」

つまりハーフというわけか。

「なるほど。だから君は人魚の特徴を持ちつつ、人の特徴も持ち合わせていたんだな？」

「うん。そしてあの海竜がわたしのお母さん。でもあれは本当の姿じゃない。誰かがお母さんを魔物に変えたの」

「魔物に、変えた……？」

その瞬間、俺の脳裏によぎったのは、ラストールで戦ったヴァエル王だった。

まさか……っ!?

俺が訝しげな表情をしていたのが気になったのだろう。

少女ことティルナは不安そうな顔で俺を見上げて言った。

「……お母さん、助けられる？」

当然、俺は力強く頷いたのだった。

「ああ、もちろんだ。君のお母さんは――必ず俺が助け出してみせる！」

《聖女パーティー》エルマ視点19：何してくれてんのよおおおおおおっ!?

豚のローリングアタックで何故か結界を破ることができてしまったあたしたちは、〝風〟と〝死〟を司る女神――トゥルボーさまの御前へと躍り出てしまっていた。

当然、向こうからしたら不審者がいきなり結界を通り抜けてきたわけなので、そりゃもう警戒心ばりばりの〝一歩でも動いたら殺すぞ〟感が半端なかった。

なのであたしはこういう時のために培ってきたと言っても過言ではない聖女ムーブを全開にして恭しく跪く。

「お騒がせして申し訳ございません、トゥルボーさま。私の名はエルマ。《剣聖》のスキルを賜りし〝剣〟の聖女にございます。そしてこちらは付き人の豚……ポルコです」

未だぐるぐると目を回しているポルコも一応紹介しておく。

って、危ない危ない。

危うく豚を豚呼ばわりするところだったわ。

「それでその聖女たちが一体我になんの用だ？　断りもなく我が領域内に踏み込んでくるなど

無礼千万（せんばん）であろう」

ごごごごっ、と子どもたちを下がらせながら睨（にら）みつけてくるトゥルボーさまに、あたしは内心冷や汗（あせ）がだらだらだった。

な、なんなのよこの女神!?

テラさまと違ってめちゃくちゃ怖いんですけど!?

てか、断りもなく踏み込んでいったのはあたしじゃなくてこの豚よ、豚!?

なのになんであたしが怒られなきゃいけないわけ!?

あーもう早く起きてあんたも謝りなさいよね!?

内心豚をビンタで叩（たた）き起こしたい気持ちでいっぱいのあたしだったが、そこは努めて冷静に頭を下げ続ける。

「……誠に申し訳ございません。どうにかトゥルボーさまにお会いできないものかと結界の外で思案していましたところ、偶然抜け道のようなものを発見してしまい、居ても立ってもいられなくなってしまいまして……」

「ふむ、まあよい。どうせ貴様らもテラのやつに聞いてきたのだろう？　貴様からはテラの力を感じるからな」

それってあの《完全受胎（ガヴリエラ）》のことじゃないわよね？

できれば思い出したくもないんだけど。

「はい、仰るとおりにございます。こちらにイグザさま率いる聖女の方々がいらっしゃったと聞き、そのお力になるべく旅を続けている次第です」

まあ本当は〝聖女エルマ、女神への旅路！〟みたいな感じなんだけどね！

馬鹿イグザが泣いてあたしと別れたことを後悔するくらい、超絶的な女神になるのが目的だし！

「ほう。それでこの我に一体なんの用だ？　見てのとおり、我は今とても忙しくてな。貴様らに構っている暇などこれっぽっちもありはしないのだが？」

そう言っている間もトゥルボーさまは子どもたちに右に左に腕を引っ張られている。

よほど子どもたちに人気があるようだが、あの子たちはトゥルボーさまのお子さまか何かだろうか。

それにしては随分と人間味に溢れているというか、ぶっちゃけみすぼらしいというか……。

「そ、そこをなんとかお時間を作ってはいただけないでしょうか？」

「無理だな。我には子どもらと戯れるという大事な役割があるのでな」

「そ、そんな……」

くっ、何か手はないの!?

このままじゃ本当に追い出されかねないじゃない!?

せっかくここまで来たのに……っ、とあたしが唇を嚙み締めていた——その時だ。

――ぷ～～～っ。

「「……」」

響く空気音と――凍りつく空気。

あたしはぷるぷると驚愕の表情で空気音を発したであろう肉塊に視線を送る。

「いやはや、もう食べられませんよ～……むにゃむにゃ」

ぽんっ、とお腹を叩き、やつはこの状況でもまどろみの中にいるようだった。

「……」

いや、〝ぽんっ〟じゃないわよおおおおおおおおおおおおおっっ!?

てか、このタイミングでおならするうううううううううううううっっ!?

当然、あたしは一人真っ青な顔になっていたのだった。

58章　母を変えた者

ティルナを小舟まで運んだ後、俺は皆に事情を説明する。
恐らくはラストールの時同様、魔物の細胞を埋め込まれているのではないかと考えた俺は、早急にお母さんを浄化するべく、ティルナに彼女を宥めてもらおうとしたのだが、

「……ごめんなさい。お母さんにはもうわたしの声は届かないから……」

と言われてしまい、このままの状態でなんとかするしかないようだった。

「ティルナ……」

しかしなんと悲しそうな顔だろうか。
ヴァエル王と戦った時も途中で意思の疎通がとれなくなっていたからな。
徐々に正気を失っていくお母さんの姿を見るのはさぞ辛かったと思う。
その上、冒険者たちが容赦なく彼女を殺そうとしてくるのだ。

そりゃあれだけ感情を剝き出しにもするだろうさ。

誰の仕業かは知らないが、こんなにも彼女を傷つけやがって。

見つけたら全力でぶっ飛ばしてやる！　と内心憤りを滾らせつつも、俺はそれをティルナに悟られないよう努めて冷静に微笑んで言った。

「別に謝る必要はないさ。なら俺が気合いで浄化してくるから、ティルナはここで皆と待っていてくれ」

「……うん。お母さんをお願い、イグザ……」

「ああ、任せておけ」

くしゃり、とその小さな頭を撫でてあげた後、俺は再び空へと舞い上がる。

ティルナのお母さんは……いた。

海面付近を出たり入ったりしているようだ。

とりあえず俺はゆっくりと近くまでいってみる。

「――グオオオオオオオオオオオオオオオオオオオオオオッッ!!」

――ざぱーんっ！

「おっと」

だがお母さんはすぐさま潜ってしまい、接触は難しそうだった。

こうなったら一か八かだ。

「うおおおおおおおっ！」

ごごうっ！　とヒノカミフォームへと変身した俺は、そのまま頭から海へとダイブする。

これだけ大きな獲物が水中でもがいているのだ。

当然、標的としては十分だろう。

ほらきた。

「グオオオオオオオオオオオオオオオオオオオオオッ!!」

「うぐっ!?」

お母さんがその長い身体で俺に巻きついてくる。

――ぎちぎちっ。

ママの抱擁にしてはちょっと激しすぎじゃないかな……っ。

正直、激しすぎて身体がねじ切れてしまいそうだ……っ。

「グルアアアアアアアアアアアアアアアアアアアアアアアアアッッ!!」

しかしこの目の血走りよう……はっきり言って異常だ。

いくら海竜種とはいえ、通常はリヴァイアサンでもここまで凶暴にはならないと思う。

やはり魔物の細胞が精神に甚大な影響を与えているのだろうか。

それとも何か身体を蝕む痛みにもがいているのか……。

いずれにせよ、このままでは本当にただの魔物として処理されてしまいかねない。

『……お母さん、助けられる？』

だがそんなこと――絶対にさせるものかッ！

ゆえに俺は一瞬にしてスザクフォームへと変身した後、彼女の身体にしがみつく。

「グガッ!?」

「おおおおおおおおおおおおおおおおおおおおおおおッッ!!」

――ごごうっ！

そして浄化の力を全開にしたのだった。

◇

「……ここ、は……？」

ゆっくりと目を覚ましたお母さんことセレイアさんの様子に、全員がほっと胸を撫で下ろす。

蘇生と同じくこの瞬間が一番緊張するのだが、どうやら今回も無事浄化は成功したらしい。

「お母、さん……？」

「……ティルナ？　そんな顔をして一体どうしたの……？　それにそちらの方々は……」

「お母さん!?」

——ぎゅうっ。

小首を傾げながら上体を起こしたセレイアさんに、ティルナが涙で顔をぐしゃぐしゃにしながら抱きつく。

「あらあら……」

だがセレイアさんは何故彼女が泣いているのかわかっていないらしく、優しく頭を撫でながらも困惑しているようだった。

なお、セレイアさんは話に聞いていたとおりの人魚で、腰から下は桃色の光沢を放つ魚の尾のような感じなのだが、上半身は美しい人の女性——それもほぼ全裸であった。

しかも子持ちとは思えないほど若くスタイルのよい美女であり、乳首こそ鱗で隠れてはいるものの、正直直視してよいものなのかと頭を悩ませる俺。

するど、アルカが俺に半眼を向けて言ったのだった。

「一応言っておくが、人妻だからな？」

「べ、別にそういうことで悩んでたわけじゃねえよ!?」

◇

「……そうでしたか。それはご迷惑をおかけいたしました」

ともあれ、事情を聞いたセレイアさんが恭(うやうや)しく頭を下げてくる。

彼女の隣には落ち着きを取り戻したティルナの姿もあり、同様にぺこりと頭を下げていた。

ちなみに、俺たちが今いるのはティルナたちが住んでいたという秘密の入り江だ。

人魚なんて珍(めずら)しい存在をほかの冒険者たちが放っておくはずないからな。

彼女たちの身の安全のためにも早々に移動することにしたのである。

「いえ、気にしないでください。それより一体何があったんですか？」

「申し訳ございません……。それがほとんど覚えてなくて……」

「そうですか……」

まあ仕方あるまい。

もしかしたら気づかぬうちに何かをされていたという場合もあるしな。

あまりいい記憶ではない以上、無理に思い出させるのもよくはないだろう。

むしろ彼女は被害者なのだ。

そんな悲しそうな顔をしないでほしい。

そう伝えようとした俺だったのだが、ふとセレイアさんが「でも……」と何かを思い出した

か会話のようなものをした気がするのです」

「はい、間違いないはずです。おぼろげな記憶ではあるのですが、確かに黒ずくめの女性と何

アルカの問いに、セレイアさんは大きく頷く。

「人の女性だと？　それは間違いないのか？」

「誰か人の女性のような方に会った気がします」

ように言った。

黒ずくめの女性……。

「それってあいつじゃねえのか？　イグザが会ったっていううさんくせえ女」

「でしょうね。聖女であるティルナを仲間に加えさせるためかどうかは知らないけれど、随分と手荒な真似をしてくれるじゃない。大方、イグザが人魚の行方を知っているというのも、クエストに貼り出されていた海竜退治のことだったんじゃないかしら？」

「確かにその可能性はあると思います。イグザさまが件の女性と出会われたのは、私たちが宿の方から討伐依頼のお話を伺ったあとのことでしたから」

「ふむ、そうして我らはまんまと乗せられたというわけか。なんとも賢しい女だ。占い師というよりは詐欺師の類だな」

「詐欺師……」

まさか本当にあの人が仕組んだことなのだろうか。

でもそんな悪い人には見えなかったんだけどな……。

だがもしそうだというのであれば、俺は彼女を絶対に許すわけにはいかない。

ティルナたち親子をこんなにも酷い目に遭わせたのだ。

それに彼女には聞かなきゃいけないこともたくさんある。

ゆえに俺は女子たちに向けてこう告げたのだった。

「とりあえず、無駄かもしれないけれど、今からイトルに戻って彼女を捜してみよう。もし彼女が本当に今回の黒幕だっていうのなら、ティルナたちに謝らせないといけないからな」

「ああ」「ええ」「おう」「そうね」

当然、皆思いは同じようであった。

《閑話》聖者サイド1：邂逅

そこはなんの光もない暗黒の空間だった。

壁や天井……いや、床があるのかすらもわからない。

だが歩くことができる以上、床らしきものは存在するのだろう。

そんな空間のただ中にそれはあった。

ほのかに輝いているようにも見える白亜(はくあ)の円卓と、同じ材質であろう七つの椅子(いす)。

そのうち六つには人影があり、〝彼女〟の姿を確認するや、最奥(さいおう)の男性がこう口を開いた。


「――どこへ行っていた？　女狐(めぎつね)」

額(ひたい)に二本の角(つの)が生(は)えた厳(おごそ)かな顔つきの男性だ。

正確な年齢はわからないが、見た目は三十代前半といったところである。

「別に。ただのお散歩よ」

「わざわざイトルにまでか？」

「あら、相変わらず抜け目がないのね。ええ、ちょっと坊やたちの様子が気になってね」

「余計なことはするな。自分の立場を忘れたのか？」

「はいはい、わかっているわ。でもこれで聖女も五人目。もうすぐシヌスとも会うでしょうし、あなたたちの目的が達成できる日も近いわね」

「そうだな。何せ、最後の一人がすでにここにいるのだからな。――そうだろう？　〝盾〟の聖女シヴァよ」

「あら、私はただの占い師よ？　それよりそっちの〝盾〟はまだ見つからないのかしら？」

　女狐ことシヴァの問いに、男性は「ああ」と相変わらず感情の読めない声で言う。

「元々〝盾〟はほかの者たちよりも世界に対する守護意識が強いからな。大方、我らの企てに気づき、自ら姿をくらましているのだろう。早々に人類を見限った貴様とは大違いだな、女狐」

「ふふ、当然でしょう？　私だってまだ死にたくはないもの。ならたとえ〝盾〟であろうと〝勝てる方〟に味方するのが処世術というものよ」

「さて、それもどこまでが真意か」

　静かに瞳を閉じる男性に、シヴァは再度問いかける。

「それで根本的なお話なのだけれど、あなたたちは彼らに勝てるのかしら？」

「無論だ。確かに聖具は全て聖女どもの手に渡ってはいるが、あれは元々人が人のために生み出したものにすぎん。我らが〝母〟より賜りし〝神器〟の敵ではない」

　それに、と男性はほかの五人を見渡して言った。

「我ら亜人種の身体能力は人のそれを遥かに凌ぐ。同じスキルを持つ以上、たかが人の小娘如きに遅れはとらん。なんなら〝絶対防御〟と名高い貴様の聖盾――我が神剣で貫いてくれようか？」

「いえ、それは遠慮しておくわ。だって私のメリットが何一つないもの」

　そう肩を竦めつつ、シヴァはさらに尋ねた。

「で、問題は坊やの方。全てのレアスキルをその身に宿した不死身の戦士――それを一体どうやって打ち破るおつもりなのかしら？　言っておくけれど、彼、結構強いわよ？　あのヴァエル王が手も足も出なかったくらいだもの」

「だからなんだというのだ？　確かに人にしてはよく順応したものだが、所詮ヴァエルはただの紛い物にすぎん。たとえ力の制御に成功したとて、我らの足もとにも及ばぬ存在だ」

「あらそう。あんなにもあなたに心酔していたのに可哀相な子だこと」

「無論、やつの残した研究成果は評価している。もっとも、〝人を魔物に変える〟というその一点のみだがな」

「ふふ、人だけではなかったみたいだけれどね？」

「ああ。はぐれ人魚の一件でも実に有意義なデータをとることができた。もちろん貴様が余計

な真似をしなければさらに正確なデータがとれたのだがな」

じろり、と男性に睨まれるも、シヴァはその視線を悠々と躱す。

「一体なんのことかしら？　身に覚えがないわ」

「ふん、食えない女だ」

「ふふ、それはお互いさまでしょう？」

そこで一旦言葉を区切ったシヴァは、不敵な笑みを浮かべたままこう続けたのだった。

「〝終焉の女神〟に選ばれし〝剣〟の聖者――エリュシオンさま」

59章　禁忌の恋

ティルナ親子を入り江に残し、一度イトルへと帰還した俺たちは、急ぎ町中をくまなく捜索してみたのだが、やはり女性の姿を見つけることはできなかった。

もっとも、彼女が本当に千里眼などのスキル持ちだというのであれば、俺たちが捜しにくることも到底予想済みだっただろうからな。

見つかる可能性はかなり低いだろう。

ならば仕方がないと宿で一夜を明かした俺たちは、再び例の入り江へと足を運ぶ。

その際、マグメルが昨日のお返しだとばかりにアルカの枕元に壁越しの喘ぎ声フルコースをお見舞いして「ええい!?　尻を叩かせるな、尻を!?」と一悶着あったのはさておき。

目的の人魚ことセレイアさんに会うこともできたのだ。

港にいたおじいさんも人魚は〝神の遣い〟だと言っていたし、彼女にシヌスさまのもとへ行く方法を尋ねてみようということになったのである。

「なるほど。あなた方は〝水神宮〟に行きたかったのですね」

「水神宮？　それがシヌスさまのいらっしゃる神殿のお名前なのですか？」

マグメルの問いに、セレイアさんは「ええ、そうです」と頷いて続ける。

「水神宮は私たち人魚の里にある神殿のことでして、シヌスさまはそちらから日々海の平和を見守っていらっしゃいます」

「ということは、当然あなたはその場所を知っているということだな？」

「もちろんです。ただ……」

「「「「？」」」」

小首を傾げる俺たちに、セレイアさんは申し訳なさそうな顔で言う。

「私は以前里の禁忌を犯し、追放された身でして……」

「それってまさか……」

俺がちらりとティルナを見やると、セレイアさんは頷いて言った。

「そのとおりです。私は人の男性と恋に落ち、禁術を用いて一晩だけ陸に上がりました。もちろんすぐに里の者たちによって連れ戻されてしまったのですが、それからしばらくして、私は自分が子を宿していることに気づいたのです」

「なるほどなぁ。そんで生まれたのがそこのおチビちゃんってわけか」

オフィールが親指でティルナを差すと、彼女はむっとしたような顔で言った。

「わたしは〝おチビちゃん〟じゃない。むしろあなたよりずっと年上」

「え、マジかよ!? じゃあババアじゃねえか!?」

「わたしはババアじゃない（怒）」

〝おチビちゃん〟と〝ババア〟の二択もどうかと思うのだが、確かに人魚は人よりも遥かに長命な種族だと聞いているし、その血を引くティルナが俺たちより年上だったとしてもなんらおかしくはないだろう。

まあ見た目が俺より四つか五つくらい若いので、複雑な心境ではあるのだが。

「でも素敵です……。そうまでして愛する殿方と添い遂げようとするなんて……」

「そうね。たとえそれで里を追われたとしても、愛しい人の側にい続けようとしたセレイアさんを私は心から尊敬するわ」

「ふふ、ありがとうございます」

マグメルたちの言葉に、セレイアさんが嬉しそうな表情を見せる。

たぶん今まで誰からも肯定されてこなかっただろうからな。

少しでも救われた気持ちになってくれたのなら俺も嬉しい。

まあうちのお嫁さんたちは皆、禁忌をがっつり破るタイプなので、必然的に肯定的な意見しか出てこないんだけど……。

「ともあれ、禁術を用いて陸に上がっただけでなく、あまつさえ人と交わりその子を宿した私を里の者たちは許しませんでした。本来であればティルナともども命を奪われていたはずなのですが、その話を聞いたシヌスさまのご嘆願により、里からの〝追放〟という形になったのです」

「そうでしたか……。それはさぞかしご苦労されたのでしょうね……」

「いえ、私にはこの子と、そして主人がいましたから」

優しく微笑むセレイアさんの視線の先には、恐らくご主人のお墓であろう墓石が積まれていた。

綺麗なお花も供えてあるし、きっと毎日欠かさずお手入れをしているんだと思う。

「でもそうなると困ったわね。セレイアさんがダメとなると、また別の人魚を探さないといけなくなるわ」

「そうだな。振り出しに戻ったことになる」

ふむ、と考え込むアルカだったが、セレイアさんは「いえ」と首を横に振って言った。

「助けていただいたご恩もありますし、私があなた方を里までご案内いたしましょう」

「え、いいんですか？」

驚く俺に、セレイアさんは微笑みながら頷いてくれる。

「もちろんです。ただ先ほども申し上げたとおり、私は里には入れませんので、その入り口までということにはなりますが……」

「いえ、それで十分です！　ありがとうございます、セレイアさん！」

「あらあら」

俺が思わず彼女の手をとってお礼を言うと、セレイアさんは恥ずかしそうにしつつもどこか嬉しそうに笑って言った。

「ふふ、殿方に手を握られたのは久しぶりです。やはりとても温かいものですね」

「え、あ、すみません!?」

慌てて手を放した俺を、やはりセレイアさんはおかしそうに笑っていたのだが、

「……新しいお父さん?」

「「「──っ!?」」」

ティルナのその言葉に、何故か女子たちは驚愕の表情で固まっていたのだった。

❖《聖女パーティー》エルマ視点20：夢も希望もないじゃない!?

風の女神――トゥルボーさまの領域に無断侵入してしまったあたしたちは、なんとか彼女の怒りを鎮め、その力を賜ろうとしていたのだが、なんとそこで豚が最悪の粗相をしてしまった。

――そう、女神の御前でまさかの〝放屁〟をぶちかましたのである。

当然、凍りつく空気の中、あたしはもうこの豚を生け贄に捧げて煮るなり焼くなり好きにしてもらうしかないと、脱兎の如くその場を離脱しようとしていたのだが、

「ほう、なかなか器用なものだな」

「はは、ありがとうございます。故郷の里ではよく子どもたちに作っていたもので」

「わーい、おじちゃんすごーい♪」

「わーいわーい♪」

「……」

いや、めっちゃ馴染んでるんですけどーっ!?

がーんっ、とあたしはショックを受ける。

一体何故こんなことになってしまったのか。

事の発端はやはりあの放屁事件であった。

てっきりぶち切れたトゥルボーさまにミンチにされるかと思いきや、まさかの子どもたち大ウケだったのである。

そうして群がってきた子どもたちにお腹をぽよぽよされたりなんだりしているうちに、気づけばこの状況というわけだ。

そりゃね、おかげでなんか雰囲気も穏やかな感じになってるし、結果オーライだとも思ってるわよ？

でもあたしのこのぶっちゃけいなくてもよくない感はなんなの!?

え、あたし聖女なんですけど!?

なんで豚の活躍を遠巻きに眺めなきゃいけないわけ!?

意味わかんない!?　とあたしが一人頭を抱えそうになっていた時のことだ。

「……」

――じー。

「あ、あら、どうしました？」

ふと小さな女の子に見つめられていることに気づき、あたしは尋ねる。

すると、女の子は不思議そうな顔でこう問い返してきた。


「ねーねー、どうしておねえちゃんはおっぱいがないの？」

……はっ？


「ふふ、どうしてでしょうね？」

ちょっと向こうで一緒に考えてみるのはどうかしら？

二度とそんな疑問が湧かないようみっちりと身体に教えてあげないといけないし。

あたしがそう必死に拳を握りながら慈愛の微笑みを浮かべていると、

「あ、そうだ！　めがみさまにおねがいしてみよーよ！」

「えっ？　ちょ、ちょっと!?」

ふいに女の子がそんなことを言い出し、「こっち！」とあたしの手を引いていく。

「めがみさまー！」

「うん？　どうした？」

そうしてトゥルボーさまの前へと連れてきたあたしを指差しながら、女の子は笑顔で言った。

「このおねえちゃん、おっぱいがおおきくなりたいんだってー！」

「……はっ？」

いや、そりゃそういう反応にもなるわよ!?

あたしだって今まさにそんな感じだもの!?

「……ふむ、まああれだ。——諦めろ」

そして神の視点で夢も希望もないこと言うのやめてくんない!?

こっちは必死に成長途中だって信じてたのよ!?

どうしてくれんのよ!?

もう見込みゼロってことじゃない!?　とあたしが内心泣きそうになっていると、豚がふっと全てを悟ったような顔で言った。

「大丈夫です、聖女さま。女性の価値は胸だけで決まるようなものではありませんから」

うっさいわよ、この豚!?

巨乳好きのあんたに何がわかるってのよ!?

っていうか、その爽やかな顔やめなさいよね、鬱陶しい!?

当然、あたしは心の中で容赦なく豚を罵倒し続けていたのだった。

60章　水の女神は色々とでかい

セレイアさんの術技により、大きな円形の空気層を作ってもらった俺たちは、その中に入ることで海中での移動を可能にしていた。

もちろん先導してくれるのはセレイアさんとティルナだ。

一戦交えていた時も思ったが、どうやらティルナは人の足を持ちながら遊泳速度が通常の人魚と遜色ないらしい。

やはりあの足首についているヒレが大きく関係しているのだろうか。

呼吸も問題ないようだし、まさにいいとこ取りである。

でもまあだからこそ人魚たちは人と交わることを禁じたのかもしれないな。

純粋に種族としての人魚を守ろうとしたのかもしれないけれど、より強力な個体が生まれれば、いずれ弱い方の種族が淘汰されるのは目に見えてるし。

「綺麗ですね。このようにまじまじと海の中の光景を見られるとは思いませんでした」

ともあれ、マグメルがうっとりと周囲の景色に表情を和らげる。

するとオフィールが「だな！」とテンション高めに球体の外を指差して言った。

「ほら、見ろよ！　あいつとか超美味そうじゃねえか！　あとで獲って食おうぜ！」

「……あの、いい雰囲気をぶち壊すのやめてもらえませんか？」

当然、そんなオフィールにマグメルが半眼を突き刺す。

だがオフィールはまったく気にしていないようで、「おっ？」と再び外を小さく指差して言った。

「つーか、あいつおめえに似てねえか？　ほら、あのデブっちい魚」

「似てませんよ!?　というか、私が太っていると仰りたいのですかあなたは!?」

「うん？　おう！　（いい笑顔）」

キーッ!?　と楽しそう（？）にしている女子たちを俺が苦笑気味に眺めていると、セレイアさんがこちらを振り向いて言った。

「皆さん、見えましたよ。あれが私たち人魚の里――〝ノーグ〟です」

◇

「――お止まりください」

当然、里の入り口へと赴いた俺たちに、兵士と思しき男性の人魚たちが槍で道を塞いでくる。

きません」

「セレイアさま、あなたは里を追われた身。いかな理由があろうともこの先、通すわけにはい

……セレイアさま？

もしかしてセレイアさんって意外と位の高い人だったのだろうか。

俺が小首を傾げていると、セレイアさんは頷いて言った。

「もちろん承知しています。ですが彼らのお話だけはどうか聞いて差し上げてください。こちらの方々は神々の寵愛を受けし聖女一行。とくにこのイグザさんは、あの地の女神――テラさまですら浄化された救世の英雄なのですから」

「救世の英雄!? ではシヌスさまの仰っていた〝勇者〟というのは……」

「当然、あたしらのイグザに決まってんだろ？」

にっと不敵に笑うオフィールの言葉を聞き、男性たちは驚いたように目を丸くしていた。

と。

「――戻ってきたのですね、セレイア」

ふいにお供の人魚たちとともに、明らかに位の高そうな人魚の女性が姿を現す。

年齢はセレイアさんよりも少し上くらいに見えるが、彼女のお姉さんか何かだろうか。

そう思っていた俺だったのだが、

「お久しぶりです――お母さま」

「「「「――っ!?」」」」

って、お母さま!?

え、お母さま若くない!?

せいぜい多く見積もっても三十代前半くらいだぞ!?

俺たちが揃って言葉を失う中、お母さまはティルナを見やって言った。

「その子も随分大きくなりましたね」

「はい、自慢の娘です」

自身に寄り添ってきたティルナの頭を、セレイアさんが優しく撫でる。

すると、お母さまは「そうですか」と一言返した後、俺たちに視線を向けて言った。

「話は全てシヌスさまより伺っております。セレイアを……娘を助けてくださって本当にありがとうございました」

「い、いえ、気にしないでください。おかげで俺たちもこちらに赴くことができたわけですし……」

俺が頭を上げるよう促すと、お母さまはその厳格そうな顔に微かな笑みを浮かべて言った。

「お心遣いありがとうございます。ではここからは私たちが先導させていただきますね。先ほどより玉座でシヌスさまがお待ちですので」

「わかりました。それであの……」

「？」

俺がセレイアさんたちの方を見やるそぶりをすると、お母さまは再度微笑して言った。

「わかっています。その子が聖女の定めを持って生まれ、そしてあなた方と出会うことになった以上、私たちも運命を受け入れるしかありません。一時的ではありますが、二人の追放処分を解きましょう」

「ほ、本当ですかお母さま!?」

「ええ、本当です。どのみちシヌスさまからはあなたたちも連れてくるよう仰せつかっていますからね。もとよりそのつもりでした」

「おお！　よかったですね、セレイアさん！」

「はい……。これも全てあなた方のおかげです……」

本当にありがとうございます……、と頭を下げるセレイアさんの瞳には、水の中ではあったものの、大粒の涙が浮かんでいるのがはっきりと見えたのだった。

そうして俺たちはシヌスさまがいるという里の神殿――〝水神宮〟へと案内されたのだが、

「――よくぞここまで辿り着きましたね、人の子らよ」

「「「「「――っ!?」」」」」

そこで俺たちが見たのは、まさに規格外の代物であった。

シヌスさまは通常の人の数倍はあろうかという巨体を誇っていたのである。

つまりはそう――〝巨人〟だったのだ。

当然、胸元もとんでもないことになっており、それはもう直視するのが憚られるレベルであった。

「くっ……」

こんなでかいものがあっていいのか。

俺は神の奇跡を前に必死に己を律しようとしていたのだが、

「おい、鼻の穴が広がってるぞ」

まあ、バレますわな……。

ともあれ、シヌスさまは嫋やかさの中にどこか妖艶さを感じさせる面持ちの美女だった。

やはり年齢はほかの女神さま方と同じく二十代半ばくらいだろうか。

水の女神さまらしい涼しげな装束に身を包み、右手には金色の三叉槍を握っている。

――かつんっ。

「「「「「！」」」」」

そんなシヌスさまが手にしていた三叉槍の石突きで床を一突きすると、彼女を含めた部屋の一部分だけ水が消失する。

どうやら俺たちのことを気遣ってくれたらしい。

ティルナも今はセレイアさんの側を離れ、俺たちの隣にきていた。

きっとセレイアさんがこちらに行くよう促してくれたのだろう。

「まずはセレイアを助けてくれたことを心より感謝いたします。彼女が魔物にされていたことは知っていましたが、口惜しくも私にはそれを浄化できる力はありませんでした。あのままではいずれほかの魔物同様、人の冒険者によってその命を奪われていたことでしょう。本当になんとお礼を言ったらよいか……」

「いえ、気にしないでください。俺たちはただティルナの思いに応えてあげたかっただけですので」

そう横目でティルナを見やった俺だったが、彼女は「わたしは絶対に冒険者なんかに負けたりしない」と頬を膨らませていた。

まあ聖女である彼女を倒せる冒険者なんてそうはいないと思うが、さすがに物量で押し切られたらどうにもならないからな。

そうなる前に助けられて本当によかったと思う。

「そしてセレイアもよく戻りましたね。確かにあなたは里の禁忌を犯し、人との間に子を生しました。ですがその子がこうして聖女として立派に成長し、それらを束ねる救世の英雄――〝勇者〟たり得る者と出会うことになったのには、きっとはじめから何かしらの導きがあったのでしょう」

「いえ、それでも私が里の掟を破ったことに変わりはありません。母を含め、皆の下した決断は当然のものであったと理解しております」

「そうですか。やはりあなたもまた一人の人魚……いえ、母親として立派な成長を遂げたのですね」

「ありがとうございます。私には勿体ないお言葉です」

ふふっと互いに微笑み合った後、シヌスさまは再び俺たちに視線を戻して言う。

「それであなたたちがわざわざここを訪れた理由についてなのですが、私の司る〝水〟と〝繁栄〟の力を授かりにきたのですね？」

「はい。俺たちはラストールという国で人に魔物の細胞を埋め込む研究が行われていたことを知りました。通常であれば魔物の細胞が延命の効果をもたらすだけなのですが、当時国を治めていた王の意志一つでそれらの人々が魔物化する光景を目の当たりにしまして……」

「それは、なんともおぞましいことですね……」

シヌスさまが痛ましげな表情を浮かべる。

実際に親しい関係にあったセレイアさんも魔物にされていたのだ。

気持ちが痛いほどにわかるのだろう。

「はい……。なので俺たちは処置の施された人々全てから魔物の細胞を浄化し、治療しようと考えたのですが、さすがに数が多く、なんとか浄化作用を広範囲に及ばせることはできないものかと考えまして……」

「なるほど。それであなたの力をさらに発展させるべく私のもとを訪れたのですね？」

「仰るとおりです」

俺が頷くと、シヌスさまは「わかりました」と首肯して言った。

「ならば私の力の一端をあなたたちに授けましょう。それであなたの力を発展できるかどうかはわかりませんが、きっと何かしらの助けにはなるはずです」

「ありがとうございます！　必ず最高の浄化パワーを身につけてみせます！」

ぐっと拳を握りながら宣言する俺に、シヌスさまはふふっと嬉しそうに笑って言った。

「あなたは面白い子ですね。きっとその前向きでめげない心が、彼女たち全員を惹きつけているのでしょう」

「そ、そうですかね？」

と。

「無論だ。イグザの存在こそが我らの要だからな」

ふっと微笑するアルカに、ほかの女子たちも続く。

「ええ。イグザさまのそういう温かくも男らしいところに私たちは皆救われてきましたから」

「だな。なんたってこのあたしの旦那さまだぜ？　ならびっかびかの太陽みてえな男に決まってんじゃねえか」

「そうね。私にとっても彼は太陽みたいな人よ」

「うん。イグザは約束通りお母さんを助けてくれた。頭を撫でてくれる手も温かかった。だからわたし、イグザが好き」

「お、おい、やめろよ!?　なんか改めてそう言われると恥ずかしくなってくるだろ!?」

堪らず赤面する俺を、皆が微笑ましそうに見つめてくる。

そんな中、同じく微笑みを浮かべていたシヌスさまが、俺たちを見渡して言った。

「では私の力をあなたたちに。どうかこの力で世界に恒久の安寧を」

かつんっ、と再び三叉槍で床を突くと、視界いっぱいに温かい光が広がり、

『スキル――《完全強化》：自身の持つ全ての力を大幅に発展させることができる』

俺の中に新たなスキルが習得されたのだった。

◇

「ではティルナのことをよろしくお願いしますね、イグザさん」

そうして件の入り江へと戻ってきた俺に、セレイアさんがぺこりと頭を下げてくる。

というのも、ここに戻ってくる途中、ティルナが「わたしもイグザの力になりたい」と同行の意思を示してくれたのである。

とはいえ、せっかく二人の追放処分も正式に取り消され、セレイアさんも元の優しいお母さんに戻ったのだ。

本当はお母さんと一緒にいたいのではないかと思い、無理をしなくていい旨を伝えたのだが、だからこそきちんと恩を返したいのだと彼女は言った。

であれば俺たちに断る理由は何もなく、また一人頼れる仲間がパーティーに加わることになったのである。

ゆえに俺は大きく頷いて言った。

「はい、もちろんです。彼女のことは俺が責任を以てお預かりしますので」

「ふふ、それもそうなのですが、一人の殿方として娘のことをお任せできたらなと」

「え、あ……はい！　わ、わかりました！」

意味深にそう微笑むセレイアさんに、俺も慌てて頷く。

すると、ティルナがVサインを作って言った。

「大丈夫。わたしの方が年上だから、いっぱい甘えさせてあげる」

「ふふ、そうね。なら私と同じようにイグザさんをぐいぐい引っ張ってあげなさい」

「うん、任せて」

ぐっと親指を立てるティルナに、セレイアさんも嬉しそうに笑っていた。

正直、セレイアさんがぐいぐい引っ張っていくタイプだったのには驚きだが、でも芯の強そうな女性だし、きっとそうなのだろう。

そんな親子の微笑ましいやり取りに、俺もまたふっと口元を和らげていたのだった。

62章 強化された力

シヌスさまに賜(たまわ)ったスキル――《完全強化(イスラ)》の力は凄(すさ)まじいものだった。

普通にヒノカミフォームで皆を乗せて飛ぼうとしたところ、速すぎて振り落としてしまいそうになったくらいだ。

これならば浄化の力も格段に上がるだろうと考えた俺は、まず入り江からイトルへと飛んだ後、スザクフォームで町中に癒(い)やしの力を届けられるかどうかを試してみた。

結果は言わずもがな、腰が痛いとひいひい言っていたおばあさま方が、ちょっと大胆(だいたん)な水着で元気に泳ぎに行き始めるくらいには回復させてあげられることができた。

まあ何故(なぜ)それを着たのかという感じなのだが、身体(からだ)の不調がなくなった分、心に余裕ができたのだろう。

ほかにも寝込んでいた人たちが挙(こぞ)って元気になるなど、町中の人たちがとにかく健康体になった。

そう、広範囲化の実験は大成功だったのである。

となれば、次に行うのは〝浄化の広範囲化〟だ。

というわけで、俺たちはイトルの近辺に生息する魔物を遠くから浄化してみることにした。

「――ブモオオオオオオオオオオオオオオオオオオッッ!!」

「ほら、でけえのが来たぞ!」

「イグザたちの方に向かうよう誘導するわ!」

どひゅうっ！　とザナが数発の矢を放ち、森から誘き出した巨大猪型の魔物――〝カリュドーン〟の進路をこちらへと転換させる。

「よし、行くぞ!」

――ごうっ!

それを確認した俺は、カリュドーンに向けて強化された浄化の炎……いや、光を放つ。

すると。

「ブモオオオオオオオォォォォォォォ……――」

こちらに向けて突進し続けていたカリュドーンが途中で粒子のように分解され、きらきらと消え去ってしまった。

どうやら浄化に成功したらしい。

これには女子たちもかなり驚いたようで、皆一様に目を丸くしていた。

「凄い……。これが強化されたイグザさまのお力……」

「ふむ、よもやこの距離から魔物を消滅させるとはな。正直、ここまでとは思わなかったぞ」

「ああ、俺も驚いてる。でもこの力があれば必ずラストールの人々を救うことができるはずだ。いや、それどころか世界中から魔物たちを一掃できるかもしれない」

「そうですね。ただ魔物の素材が生活の一部になっている方々も多くいらっしゃいますので、その辺の判断が難しいところではありますが……」

……確かに。

というか、この力って無作為に効力を発揮するものなのだろうか。

それだとマグメルの言ったように魔物の素材類も全部浄化してしまうことになるのだが……。

たとえば俺が以前使っていたリザードシリーズなどの装備類も浄化されてしまうとなると、いきなり町中で武器や防具が消えるなんて事態が起こりかねない。

揉め事に発展しても困るし、力を使う時は慎重にやらないといけないだろう。

「まあそこら辺についてはこれから色々と試してみよう。もしヒノカミフォームでも同じことができるのなら、前にマグメルが言っていたとおり、全員を連れたまま町を浄化して回ることができるからな」

「ええ、そうですね」

よし、と頭の中で考えをまとめた俺は、万全(ばんぜん)の状態でラストールへと戻るべく、実験を繰り返したのだった。

そうして俺たちはラストールに向けて出発した。

結果として、ヒノカミフォームでも遠くからの浄化と治癒(ちゆ)ができたからだ。

まあスザクフォームはヒノカミフォームの力を凝縮(ぎょうしゅく)した強化版みたいなものなので、ヒノカミフォーム自体を強化できるのであれば、同じことができるのは当然だろう。

ただヒノカミフォームだと多少効力が落ちるため、少しばかりその場に留まる必要があるのだが、まあそのくらいは仕方あるまい。

とにかく皆で行けるようになったのは大きな収獲だ。

これでできなかったらスザクフォームに五人が乗っかってくるところだったからな。

まあ全(すべ)ての能力が強化された今の俺ならそれも可能かもしれないけれど、さすがにちょっとぎゅうぎゅう詰めだし……。

「ふむ、さすがに速いな」

ともあれ、俺たちは軽快に空の旅を続けていた。

もちろんイトルからここまでの町や村には、念のため浄化と治癒の力を使っている。

もしかしたらラストールで処置を受けた人が逗留しているかもしれないからだ。

いないに越したことはないのだが、本当に念のためである。

「そうね。この速度ならお昼前にはラストールに着けるんじゃないかしら？」

「お、ならちゃっちゃと終わらせて飯にしようぜ！　あそこうんめえ飯屋がたくさんあんだよなあ」

にんまりと食欲を隠しきれないオフィールを、マグメルが半眼で窘める。

「オフィールさま、あくまでも私たちの目的は皆さまをお救いすることであって、お食事処を巡ることではないのですよ？　少しは聖女としての自覚を持ってくださいまし」

「いや、聖女としての自覚っておめえ……。毎回一番でけえ声でくっそ汚ねぇ淫語ぶちまきながら喘いでるくせによく言えんな……」

「い、いいじゃないですか別に!?　その方がお互い盛り上がるんですぅ!?　というか、それは今関係ないでしょう!?」

ぷいっと真っ赤な顔でそっぽを向くマグメルに、俺も苦笑する。

確かに彼女の乱れっぷりはお嫁さんたちの中でも群を抜いてるからな。

ほかの女子たちが言わないようなこともばんばん口にしてるし。

いや、まあそのおかげですんごい盛り上がってるのも事実なんだけど……、と俺が複雑な心境でいると、「でも意外」とティルナがマグメルを見やって言った。

「マグメルはそういうことをあんまりしないと思ってた」

「いや、ねえねえ。こいつマジ隙さえありゃイグザにパンツ見せようとするようなやつだぞ？」

「そうなの？」

「し、失礼なことを仰らないでください!?　そんなこと……た、たまにしかしていません!?」

「なっ？」

「びっくり。マグメルはドスケベ」

「ちょ、ティルナさま!?」

びくっとショックを受けている様子のマグメルたち（というよりはティルナ）に、俺はもうすっかりパーティーに馴染んでるなと安心する。

もしかしたらセレイアさんと離れて寂しがってるんじゃないかと思っていたからだ。

でもなんだかんだ楽しそうにしているようでよかった。

まあ話の内容はあれだけどな。

「ほら、もうすぐ着くから皆落ちないようにしっかり摑まってろよー」

「「「「はーい」」」」

と、そんな感じで俺はラストールに着くまでの間、女子たちの団欒を微笑ましげに見守っていたのだった。

とにもかくにもトゥルボーさまの警戒(けいかい)を解くことに成功したあたしたちは、いよいよ本題に入ることにした。

そう、可憐(かれん)なあたしの〝女神化計画〟である。

正直、テラさまからもらった力は武技(ぶぎ)と術技(じゅつぎ)以外期待外れだったので、トゥルボーさまには大いに期待しているのだが、ただ一つだけ不安な要素があった。

それは彼女が〝子ども好き〟だということである。

子ども好き……子ども……赤ちゃん……妊娠……完全受胎(ガヴリエラ)!?

「〜〜っ!?」

思い出したくもない悪夢があたしの脳裏(のうり)を過ぎる中、しかしあたしはかぶりを振ってその杞憂(きゆう)を払拭(ふっしょく)する。

――大丈夫。

落ち着くのよ、あたし。

何故ならトゥルボーさまは〝風〟と〝死〟を司る女神。

〝生命〟を司るテラさまとは真逆と言っても過言ではない神さまなのだから。

ならばきっと〝即死〟とかそういう強力なスキルが与えられるに違いないわ。

ふふ、〝即死〟なんて最高じゃない。

だって全てはあたしのご機嫌一つ――誰もあたしに逆らえなくなるのだから。

――そう、あの馬鹿イグザでさえもね！

そんな期待を胸に、あたしはトゥルボーさまの御前に跪く。

「どうか世の安寧のため、私にあなたさまのお力をお与えくださいませ」

「ふむ、まあいいだろう。子どもらも貴様らには懐いているようだからな。望み通り力をくれてやる」

「ありがとうございます。心よりの感謝をあなたさまに」

そう恭しく頭を下げるあたしだが、当然内心はにやにやが止まらなかった。

ふっふっふっ、ついにやってやったわ！

これであたしもクールビューティーな死の女神よ！

おーっほっほっほっほっ！

◇

と、そう思っていた時期があたしにもありました……。

いや、もちろん武技と術技はもらったのよ？

風属性のめちゃくちゃ強力なやつ。

でも即死はくれませんでした。

というか、スキル自体くれませんでした。

じゃあ何をもらったのかというと、

――ぼんっ！

「おお、凄（すご）い！　これで胸部へのダメージもばっちりですな！」

一瞬で膨（ふく）れ上がったあたしの胸に、豚（ぶた）が歓喜の声を上げる。

「……」

そんな中、あたしは死んだ目で自身のステータスを見やった。

『サブスキル――《柔風緩衝壁(エアバッグ)》：任意のタイミングまたは緊急時に自動で風の防御壁(ぼうぎょへき)が展開される』

いや、なんなのよこれ!?

胸元の成長がちょっとだけ遅れ気味なあたしへの嫌がらせかなんかなんじゃないの!?

てか、そう思いたくもなるでしょ!?

だって見なさいよこれ!?

腕――ぶひゅー。

足――ぶひゅー。

お腹(なか)――ぶひゅー。

背中――ぶひゅー。

頭――ぶひゅー。

胸――ぼんっ！

いや、なんで胸だけ服が盛り上がるのよ!?

明らかにわざとじゃない!?

どういうつもりなのよあの子連れ女神!?

そんな気遣い一ミリも頼んでないってーの!?

しかも。

――ぼんっ!

「おお、見てください!　私も聖女さまとお揃いですぞ!」

――ぼいんぼいんっ。

てか、あんたあたしよりお胸大きいんだから必要ないでしょ!?

なんでそっちまで同じことになってんのよ!?

「え、ええ、そうですね……」

……。

って、そうじゃないわよ!?

なんで豊胸スキルみたいな話になっちゃってんのよ!?

っていうか、そんなにあたしのお胸をぼいんぼいんにしたいんなら、お望み通り次の町からぼいんぼいんのぶりんぶりんにして行ってやるわよ!

それで男どもの視線をがっつり惹きつけて〝巨乳聖女〟の名をほしいままにしてやるんだから!

絶対そうしてやるんだから!　とあたしはもうぶっちゃけやけくそになっていたのだった。

63章　一仕事を終えて

そうしてラストールへと辿(たど)り着いた俺たちは、町のあちこちに女子たちを配置し、予定通り住民たちの大浄化を行った。
基本的には俺の意思次第(しだい)で浄化対象を絞(しぼ)り込むことができるらしいので、装備品類などへの影響は心配なさそうだった。
女子たちの報告によると、イトルの時同様、住民たちは口々に身体(からだ)が軽くなったと笑顔で語り合っていたらしい。
中には城で治療を受けたという人もいたらしいので、たぶん成功しているのだと信じたい。

「「「「かんぱーいっ！」」」」

――かつんっ！

というわけで、一仕事を終えた俺たちは先ほどオフィールが言っていたとおり、食事を摂(と)りながらお疲れさま会をしていた。

せっかくなのでと奮発した肉料理に舌鼓を打ちつつ、皆で歓談を楽しむ。

「とりあえずこれでイトルからラストールまでの浄化は終わりましたし、あとはベルクア方面を経由しつつ、最後の女神さまのもとへと赴くだけですね」

「そうだな。確か〝雷〟と〝破壊〟を司るやたらと気性の荒い女神だった気がするが、存外お前と気が合うのではないか？　なあ？　グレートオーガ」

「だからグレートオーガじゃねえつってんだろ!?　いい加減にしねえと張っ倒すぞ!?」

がたっとオフィールが骨つき肉を片手にメンチを切る。

すると、アルカが彼女を手で制しながら言った。

「まあそう怒るな。ほれ、私の鳥料理を一口くれてやろう」

「お、おう、わりぃな」

――ぱくっ。

「どうだ？　美味いか？」

「おう、こいつはなかなか……って、そうじゃねえよ!?　なに人を餌づけしようとしてんだてめえは!?」

「はっはっはっ、お前は相変わらず素直で可愛いやつだな」

がるると牙を剝き出しにしているオフィールをアルカがおかしそうに笑う。

なんだかんだ言いつつも仲がよさそうで何よりである。

さすがにこれだけ大所帯だと揉め事も起こりそうなものなのだが、それぞれが意外と上手くやっているようだった。

「まったく野蛮な人たちはこれだから困るわ。オーガ同士の争いなら外でやってちょうだいな」

「おい、ちょっと待て。誰がオーガだ」

「だっはっはっ！　お姫さまに言われてりゃ世話ねえな！」

「ぐっ、おのれ……っ」

あれ？　本当に上手くやってる？

俺が若干の不安を覚えていると、ティルナが卵料理をフォークで差し出しながら言った。

「これ美味しい。イグザも食べてみて」

「お、じゃあ……はむっ」

「「「――っ!?」」」

俺はティルナに勧められた料理をもぐもぐと咀嚼する。

うん、これは確かに味が染みてて美味しいな。

「どう？　美味しい？」

「ああ、とても美味しかったよ。ありがとな」

「よかった……」

何やら嬉しそうに頬を染めるティルナを、俺が小動物みたいで可愛いなぁと眺めていると、

「こ、こちらも美味しいですよ？　イグザさま」

「いや、こっちの方が断然美味い」

「はっ、あたしの肉の方がぜってえうめえに決まってんだろ？」

「やれやれ、味覚で王族である私に勝てるとでも思っているの？」

さあ！　と四人が同時に料理を目の前に差し出してきて、俺は「お、おう……」と一人頷くことしかできなかったのだった。

もちろん差し出された料理は全部食べました。

どれも甲乙つけがたいくらい美味しかったです。

ともあれ、今日は様子見と休息も兼ねてラストールの宿に泊まることにした。
たぶん必要はないと思うのだが、夜にもう一度浄化をしておこうという話になったからだ。
まあ念には念を入れておきたいし、ティルナもこういう大きな町に来るのははじめてだと言ってたからな。
せっかくなので観光させてあげようということになったのである。

そうして存分にラストール観光を堪能したらしいティルナは、ほくほく顔で工芸品などのお土産を手に女子たちと宿へ戻ってきた。

いつか入り江に帰った際、旅の思い出とともにセレイアさんにプレゼントしてあげるらしい。

ならば途中で壊れないようしっかりと保管しておいてあげないとな。

ちなみに俺は何をしていたのかというと、普通に宿で武器のお手入れである。

というのも、シヌスさまのお力を賜って以降、ヒノカグヅチから軋むような音が聞こえるようになってきたからだ。

確かに今まで大分無茶をしてきたし、いつガタが来てもおかしくはないと思うのだが、恐らくは強化された俺の力に耐えられなくなっているのだろう。

ただでさえ複雑な構造の武器だからな。

もし〝雷〟の女神――フルガさまと戦闘なんてことになったら、たぶん最後まで耐えきるのは難しいと思う。

なのでまずは一度レオリニアに行き、レイアさんにバージョンアップを頼もう――そんなことを考えながら、俺はずっとヒノカグヅチのお手入れをしていたわけである。

「……こ、こんなすげえの……む、り……」

——どさりっ。

と、まあそれはさておき。

びくびくと虚ろな瞳でベッドに倒れ込んだオフィールだったが、倒れていたのは何も彼女だけではなかった。

アルカにマグメル、そしてザナまでもが汗だくかつぐったりとベッドの上に横たわっていたのである。

何故こんなことになったのか。

それにはもちろん理由があった。

そう、シヌスさまの《完全強化》により、夜の王スキルこと《月読》も大幅に強化されてしまったらしいのだ。

となれば、もうその気になった俺が触れただけで身体中に快感が駆け巡り、一つになったが最後——あっという間に連続絶頂的な状態になってしまったのである。

まあそんな感じであのザナですら早々に意識を失い、ならばと名乗り出てきたアルカもあえなくそれに続いたかと思うと、マグメルやオフィールも参戦してきて、結果的に全員足腰が立たなくなってしまったというわけだ。

確かに最近は夜の順番を待てないという問題も発生していたので、一晩で全員を相手にできるようになったのはいいことなのかもしれないが……。

「「「きゅ～……」」」

いや、いいことなのかこれは……。

完全に淫魔みたいな存在になりつつあるんだけど大丈夫なのだろうか……。

ま、まあ大丈夫ということにしておこう。

とりあえず今日はもう皆限界っぽいし、このまま寝かせてあげようかな……、とそう思っていた俺だったのだが、

――じー。

「……うん？　って、うおっ!?　ティルナ!?」

ふと視線を感じ、廊下の方を振り向くと、そこにはドアの陰に身を隠し、こちらをじっと見つめているティルナの姿があった。

先に休んでいたはずなのに何故……、と驚いていると、ティルナは相変わらずの寝惚け眼でこちらへと近づいてきた。

なので俺はささっと女子たちの裸体などをブランケットで隠し、ティルナに言う。

「あー、ごめん。起こしちまったか？」

「ううん、大丈夫。それよりいつもこうやって皆の相手をしてるの？」

ちらり、とティルナが満身創痍な女子たちを見やる。

当然、俺は「まさか」と首を横に振って言った。

「いつもは一人ずつなんだけど、どうやらシヌスさまのおかげでそっちの能力も色々とパワーアップしちまったみたいでな……。まあ、こうなってしまったわけです……」

「なるほど。確かに凄い声だった。とても納得」

「は、はは……」

一応防音の術技を使ってはいるのだが、隣室だけは万が一のことを考えて範囲外になってるからな。

いくら壁を隔てているとはいえ、ほぼ丸聞こえだろう。

苦笑いを浮かべる俺に、ティルナは小首を傾げて言った。

「やっぱりこういうことをするのは、皆がイグザのお嫁さんだから？」

「まあ……うん。そうだな。俺は彼女たちを愛してるし、彼女たちも俺を愛してくれている。なら男としてその想いに報いようとするのは当然だろ？」

「でも一晩で四人はさすがに辛くない？」

「いや、そんなことはないさ。むしろ俺は嬉しいよ。皆がそうやって俺を求めてくれるのは、正直男冥利に尽きるっていうか……」

うんうん、と俺が一人腕を組みながら頷いていると、「じゃあ」とティルナが恥ずかしそうに頬を染めてこう言ってきた。

「――わたしが増えても喜んでくれる？」

「えっ？」

今なんて……？

突然のことに目を丸くする俺に、ティルナは赤い顔のまま続ける。

「だってわたしもイグザのことが好きだから……。それともわたしじゃイグザのお嫁さんにはなれない……？」

「い、いや、そんなことはないけど……」

ただティルナは人魚のハーフとはいえ、どう見ても若いし、手を出すのは色々と憚られる気が……。

俺がそう頭を悩ませていることは彼女もわかっていたのだろう。

ティルナは「大丈夫」と微笑みながら近づき、そして俺の頭をぎゅっとその胸元に抱いて言った。

「わたしはあなたよりずっとお姉さん。だから何も心配しなくていい。むしろいっぱい甘えさせてあげる」

「ティルナ……」

ふんわりと花のような香りが俺の鼻腔をくすぐる中、俺も「……そうだな」と彼女の華奢な身体を優しく抱き返す。

「君は立派な大人の女性だったんだよな。ごめん。子ども扱いは逆に失礼だった。謝るよ」

「ううん、気にしなくていい。じゃあ、お部屋を移動しよ……？　皆に見られるのはやっぱり恥ずかしいから……」

「わかった。なら少しだけ待っていてくれ」

そうティルナに告げた後、俺は未だ失神中の女子たちがベッドから落ちないよう、きちんと並べ直してあげたのだった。

◇

「ん、あったかい……」

そうして誰もいない隣室のベッドへと移動した俺は、後ろから優しくティルナを抱き締める。ひんやりとした肌がなんとも言えない心地よさを感じさせる中、ティルナが何かを求めるように赤い顔でこちらを振り向く。

「……んっ」

なので俺は彼女の望み通りその唇を奪い、ゆっくりと舌を絡ませる。

「あっ……」

同時にティルナの小柄な身体を撫でるように愛撫し、薄い上着の隙間から胸元へと手を滑り込ませたのだが、

「や、恥ずかしい……」

「！」

そこでふと気づいたことがあり、思わず手を止める。

すると、ティルナも俺が何を思ったのかわかったようで、自ら上着を脱ぎ、恥ずかしそうにそれを露出させた。

「……これはその、人魚の特徴の一つだってお母さんが言ってた。水の抵抗を受けづらくするためだって……」

「そっか。なら何も恥ずかしがることはないさ。今は隠れてるみたいだけど、こうやって優しく触ってあげれば……」

「んんっ!?」

びくんっ、とティルナの身体が震えるのと同時に、彼女の隠れていた乳首がぷくりと顔を覗かせる。

鮮やかな桃色の可愛らしい乳首である。

たまにこうやって隠れている人がいるらしいが、ティルナの話を聞く限り、人魚は種族としてそうなっているらしい。

ということは、セレイアさんも……って、いかんいかん。

はじめてオフィールを抱いた時もアルカの名を口にして怒られたからな。

今はティルナのことだけを考えないと。

「あ、はあっ……んっ……あっ!?」

まだ軽く愛撫しているだけなのだが、やはり強化された夜の王スキルの効果は絶大らしい。

「や、あっ……んんっ!?　ああああああっ!?」

びくびくと小刻みに身体を震わせ、ティルナが快楽に悶える。

普段口数のあまり多くないティルナがこんなにも声を上げているのだ。

相当な快感なのだろう。

ならばと俺はさらに敏感な彼女の下腹部へと手を伸ばす。

――くちゅりっ。

「あっ!?　そ、そこはだめ……っ!?」

ぐっと背を丸めて逃げようとするティルナだが、俺はそれを許さずさらに愛撫を続ける。

どうやら彼女もかなり濡れやすい体質のようだ。

むしろ強化された夜の王スキルのせいだろうか。

どちらにせよ、室内にはティルナの秘所から溢れる愛蜜の音がくちゅくちゅと淫靡に響き続けていた。

と。

「だ、だめっ、おしっこ出ちゃう……で、出ちゃ……ふわあああああああああああああああああああああっっ!?」

ぷしゃっとティルナの秘所から勢いよく液体が飛び散り、彼女の身体からふっと力が抜ける。

「はあ、はあ……」

そしてティルナは肩で息をしながら恥ずかしそうに頬を膨らませて言った。

「……イグザのいじわる。出ちゃうって言ったのに……」

「はは、ごめんな。ティルナが凄く気持ちよさそうにしてたから、つい最後までしてあげたくなっちゃって……。でも心配しなくていいよ。今のはおしっこじゃないから」

「そうなの……？」

「うん。一応別物だったはず。気持ちよすぎると勝手に出ちゃうんだとか」

「そう、なんだ……。じゃあほかの皆も……？」

「ああ。むしろ出ない方が珍しいっていうか……。マグメルなんかは体質的に母乳が出たりもするからな」

「凄い……。でも納得……。マグメルからはお母さんみたいな匂いがするから……」

どこか嬉しそうな表情をするティルナに、俺も口元を和らげる。

すると、ティルナはすでに臨戦態勢な俺の一物を両手で優しく掴んで言った。

「凄く大きくなってる……。それにとっても熱い……。これはわたしのせい……？」

「ああ。ティルナが可愛くてたまらないから、俺の身体が君を欲しがってるんだ」

「嬉しい……。わたしもイグザにわたしをもらってほしい……」

そう言ってティルナがはむっとその小さな口で俺の一物を包み込む。

「……んっ……ちゅぷっ……」

そして舌を使って拙いながらも一生懸命愛してくれる。

その健気な感じがとても愛おしくて、俺はティルナの頭をふわりと撫でた後、そのままゆっくりと体勢を変え、すでに潤いと情欲を掻き立てる雌の香りに満ちていた彼女の下腹部へと顔を埋めた。

「ふわあっ!?」

途端に嬌声を上げるティルナだが、俺は構わず彼女の秘所へと舌を這わせ続ける。

「あ、やあああああああああああっ!?」

すると数秒も経たないうちにティルナは二度目の絶頂を迎えてしまった。

がくがくと身体を小刻みに震わせ、弛緩すると同時に肩で大きく息をする。

個人的にはまだまだ彼女を気持ちよくさせてあげたかったのだが、これ以上すると結ばれる前に力尽きてしまいそうだからな。

《完全強化》の力に慣れるまではほどほどにしておかないと。

そう自分を律しつつ、俺は再びゆっくりと体勢を変える。

ティルナを仰向けで寝かせ、その上に覆い被さるような体位だ。

「イグザ……好き……」

「ああ、俺もティルナが好きだよ」

「嬉しい……」

ぎゅっと抱きついてくるティルナと幾度も口づけを交わし、俺は彼女の下着をずらして蜜壺の入り口へと己が一物の先端を宛がう。

サイズ的には少々心配なところなのだが、俺の夜の王スキルこと《月読》は相手によって性器の大きさが最適化されるらしいのでたぶん大丈夫だろう。

「でもやっぱりちょっと怖い……。だから優しくしてね……？」

「ああ、大丈夫だ。俺を信じてくれ」

「うん、信じる……あっ!?」

その瞬間、ぷちゅりと一物がティルナの蜜壺に吸い込まれていったのだった。

◇

「あっ、イグザぁ……んっ、イグザぁ……」

やはり体格差があるからなのか、彼女の中はとにかくキツかった。

まるで俺を絶対に放さないと言わんばかりの勢いで、蜜壺がぎゅうぎゅうに締めつけてくるのである。

恐らく通常の状態であれば多少なりとも痛みを感じていたことだろう。

「くっ、ティルナ……っ」

だが強化された《月読(ツクヨミ)》の力も相(あい)まってか、止(と)め処(ど)なく溢れてくる愛蜜のおかげで、俺たちはなんの苦痛もなく愛し合うことができていた。

「んっ、いいよ……。あっ……いっぱい、出して……ふわあああああああああっ♡」

「ぐっ……」

ティルナが背を反らしたのと同時に、俺もまた彼女の奥底へとたっぷりと精を吐き出す。

これはザナを相手にしていた時から思っていたのだが、どうやら強化されたのはテクニックだけではなく、精の量も倍増しているようだった。

今は避妊(ひにん)用に使っているが、たぶん《完全受胎(ガヴリエラ)》がなくとも今の俺ならば一度で確実に妊娠させることができるのではないだろうか。

ある意味恐ろしい強化である。

「はあ、はあ……。次は後ろから、して……？」

「ああ、わかった……」

自らお尻を上げてくるティルナの積極さに少々驚きつつも、とろりと蜜壺から白濁液を垂らしているその艶めかしい姿に思わず生唾を呑み込む。

そして彼女の望み通り、俺はぷりんっと瑞々しく張るティルナの桃尻を摑むと、

「ああああああああああああああっっ♡」

未だ怒張を続ける一物を容赦なく突き入れたのだった。

そんな感じでティルナとはじめての夜を過ごした俺は、静かな寝息を立てている彼女を胸に抱きながら一人夜が明けるのを待っていた。

元々体力が無尽蔵の俺に睡眠は必要ないからな。

年上だというのはわかっているのだが、こうやって甘えてくるティルナがなんだかもの凄く可愛くて、ちょっと愛でていたくなってしまったのだ。

「……ん、イグザ……」

寝言で俺の名を口にしてくれるティルナにふっと口元を和らげつつ、俺は彼女の頭を優しく撫でる。

こんな穏やかな時間がいつまでも続けばいいのになと、明るみを帯びてきた室内をぼんやり

眺めていた――その時だ。

『――ひぎゃああああああああああああああああああああっっ⁉』

「――っ⁉」

突如隣室から響き渡ってきた大絶叫に何ごとかと目を丸くする。

もしや女子たちの身に何かあったのではと焦燥を募らせる俺に、今の絶叫で目を覚ましたらしいティルナが眠そうに目元を擦りながら言った。

「……何かあったの？」

「いや、わからない……。とりあえず様子を見てこようと思うんだけどいいかな？」

「うん。ならわたしも一緒に行く」

そうして隣室のドアをけたたましく開けた俺たちの目に飛び込んできたのは、何やら暗い顔で項垂れている女子たちの姿だった。

一体何が……、と困惑する俺に、アルカがやはり青い顔で言った。

「すまん、イグザ……。もし今度私が気を失った時は、できれば個別のベッドに寝かせてくれると助かる……」

「えっ？」

「できれば私もお願いします……」

「あたしも頼む……」

「私もお願い……」

「「？？？」」

　本当に何があったのか。

　揃って小首を傾げる俺たちだったが、彼女たちが絶望に打ちひしがれていた理由はすぐに判明した。

　そう、〝個別のベッドにしてほしい〟というその言葉通り、キングサイズのベッドで寝ていた彼女たちはそれぞれが俺と抱き合っていると思っていたらしく、それはもう寝ながらキスをしたり愛を囁いたりと色々しまくったのだとか。

　当然、そこにいたのはまったくの別人というか、ライバル関係にあるお嫁さん同士だったため、〝ひぎゃあ〟となってしまったというわけである。

　ちなみにアルカはオフィールと、マグメルはザナとそれぞれお楽しみだったとかなんとか。

　そりゃ〝ひぎゃあ〟とも言いたくなるわな……。

64章　看板娘との再会

　と、まあそんなハプニングもありつつ、俺たちはヒノカグヅチのバージョンアップのため、ラストールからベルクア、アフラール、オルグレンを経由し、再び武術都市レオリニアを訪れていた。

　言わずもがな、ここはアルカとはじめて出会い、そして激闘を繰り広げた場所である。

　あの時はライバル店の代表同士ということもあり、完全に敵対していたわけだが、それが今となっては俺の正妻を主張する第一嫁になっているのだから世の中わからないものだ。

「さてと、じゃあ宿もとったことだし、俺はこいつを見てもらってくるけど皆はどうする？」

「ふむ、では私もイグザについていくとしよう。この町には色々と縁（ゆかり）もあるのでな。お前たちも好きに見て回るといい。せっかく訪れた〝武術都市〟だ。その名に違（たが）わぬよい発見もできるだろうさ」

　ふっと微笑（ほほえ）みながらそう告げるアルカだったのだが、

「あの、そういうもっともらしいことはまずその〝恋人繋（つな）ぎ〟をやめてから仰（おっしゃ）っていただけませんか？」

半眼のマグメルに容赦なく突っ込みを入れられていた。

そう、彼女の言ったとおり、アルカは俺とがっつり腕を組み、かつ手も恋人繋ぎしていたのである。

が。

「……なん、だと……っ!?」

自分の状況に素で愕然とするアルカ。

どうやら本当に無意識のうちに身体が動いていたらしい。

恐らくは皆が散り散りになったあとにでもこっそり腕を組むつもりだったのだろう。

しかし逸る気持ちの方を身体が抑えきれなかったというわけである。

いや、まあ俺は嬉しいんだけどな……。

「わ、私の完璧なラブラブデートプランが……っ!?」

わなわなと青い顔でアルカがショックを受ける。

そんな彼女に、ほかの女子たちが呆れたように半眼を向けて言ったのだった。

「あいつ、余裕ぶってる割に意外とポンコツだよな」

「雰囲気（ふんいき）だけは厳格な女戦士なんですけどね」

「あらあら、これはペナルティね。よってそのラブラブデートプランは私がいただくわ」

「ずるい。わたしもイグザとデートしたい」

というわけで、全員ついてくることになりました。

――ちゃりん。

そんなこんなで、俺は女子たちを連れたまま《ラフラ武器店》の扉をくぐる。

すると、奥の方からぱたぱたと聞き覚えのある足音が聞こえてきた。

「――いらっしゃいませ！　あ、イグザさん！」

「やあ、久しぶり。元気だったかい？　フィオちゃん」

この店の看板（かんばん）娘――フィオちゃんである。

相変わらずエプロン姿がよく似合う可愛（かわい）らしい子だ。

確か年齢はまだ十二歳くらいだったはずである。

「はい！　またイグザさんにお会いできて嬉しいです！」

「うん、俺も嬉しいよ。レイアさんはいるかな？」

「あ、ちょっと待っていてくださいね！　今、呼んできますから！」

そう言ってフィオちゃんが工房の方へと駆けていく。

「ふむ、あの時の子だな。壮健そうで何よりだ」

実際に関わり合いがあるわけではないものの、アルカもどこか嬉しそうな様子だ。

「ああ。見た感じ、ガンフリート商会も大人しくしているみたいだしな。本当によかったよ」

まあもし彼女たちに何かしていたら、今すぐにでも乗り込んで全員まとめて灰にしてやるところなんだけどな。

と、俺が内心そんなことを考えていると、フィオちゃんがレイアさんを連れて戻ってきた。

「お、本当にイグザじゃないか。元気にしてたかい？」

「ええ、おかげさまで。レイアさんもお元気そうで何よりです」

「はは、あたしはいつだって元気さ。それにしてもまあ随分といいご身分になってるじゃないか。どうしたんだい？　その美女たちは。というか、あの時の聖女さままでいるじゃないか」

驚いたような顔をするレイアさんに、俺は「ええ」と頷いて言う。

「実はあれから色々ありまして、今は聖女である彼女たちを連れて旅をしているんです」

「へえ、こりゃ驚いたよ。じゃあほかの子たちも皆聖女だって言うのかい？」

「はい。武神祭で戦った〝槍〟の聖女アルカディアをはじめ、〝杖〟の聖女マグメル、〝斧〟の聖女オフィール、〝弓〟の聖女ザナ、そして彼女が〝拳〟の聖女ティルナです」

俺が一人ずつ紹介していくと、釣られて彼女たちも会釈をする。

「こ、こんなにたくさんの聖女さまたちとご一緒に旅をされているなんて、やっぱりイグザさんは凄いです！」

「はは、ありがとう、フィオちゃん」

久しぶりに撫でてあげたフィオちゃんの頭は、相変わらず小さくて髪の毛がさらさらだった。

頰を桜色に染め、とても気持ちよさそうにしていたフィオちゃんだったが、途中で何かを思い出したらしく、「あ、そういえば」とこう言ってきた。

「以前皆さまと同じ聖女さまがこちらにいらっしゃいまして、ヒノカミさまの御使いさまを捜していらっしゃるみたいでした」

「「「「！」」」」

もしかして〝盾〟の聖女がここに来たのでは!?　と揃って期待に胸を膨らませる俺たちだったのだが、

「確かお名前は――〝エルマ〟さまだったはずです」

って、そっちかー!?

まさかの幼馴染み登場に、思わずずっこけそうになる俺。

どうせ肩書きに弱いエルマのことだ。

ヒノカミさまの御使いが現れた的な話を聞き、パーティーにでも加えようとしていたのだろう。

うん、絶対そうだと思う。

「そ、それでその聖女さまはどこに行ったのかな?」

「ごめんなさい……。そこまではフィオにもわからなくて……。ただ御使いさまがどんな方かを聞いていらっしゃいましたので、たぶんお供の方とご一緒にイグザさんを捜しに向かわれたのではないかと思います」

「そっかぁ……」

まああれだ。

新しいお供も見つけたようだし、なんとか元気にやっているのだろう。

それにあいつのことだ。

そのお供ってのも、きっと俺とは違ってめちゃくちゃ爽やかで顔のいい王子さまみたいなやつなんだろうな。

と、そんなことを思う俺なのであった。

65章　目指せドワーフの里

まあエルマのことはさておき。

俺はここに来た目的をレイアさんに告げ、ヒノカグヅチを彼女に渡す。

すると、レイアさんは顔を顰めながら言った。

「こいつは酷い……。あんた、今まで一体どんなやつらと戦ってきたんだい？」

「どんなやつって……」

「私と」

「あたしと」

「私と」

「わたし？」

「いや、確かに君らとも戦ったけど……」

やはり大きかったのはテラさま……ジボガミさまとヴァエル王だろう。

とくにヴァエル王との戦闘では一撃一撃に最大限の力を注ぎ込んでいたからな。

あの時点でかなりのダメージを負っていたのかもしれない。

「確かに直すことはできるし、多少の強化を施すことだってできるさ。でもね、あんたの力はどんどん強くなってるんだろ？　ならもうこいつじゃ力不足だ。さすがに〝籠手〟や〝脛当て〟に変形させるのは難しいからね。かと言って、今のあたしにはもうこれ以上のものは作れやしない……。いやはや、参ったね……」

「そんな……。なんとかならないんですか……？」

「お母さん……」

俺の問いに、レイアさんは「うーん……」と困ったように眉根を寄せる。

フィオちゃんも不安そうに彼女のことを見据える中、レイアさんはぽつりとこぼすように言った。

「……ドワーフ」

「えっ？」

「〝ドワーフ〟たちならなんとかしてくれるかもしれない」

「ドワーフって……」

「確かあれだ。なんかすんげえ武器を作ることができるやつらだってババアが言ってたぜ？」

「うむ。そして我らの持つ聖具類の作製もドワーフの協力なくしては成し得なかったという。ただドワーフはかなり排他的な種族らしくてな。人前どころか、同じ亜人種の前ですら絶対に姿を現さないと聞いたのだが……」

「ああ、旦那もそう言ってたよ。〝俺が里に入れたのは奇跡みたいなものだ〟ってね」

「「「「──っ!?」」」」

里に入った!? と驚く俺たちに、レイアさんは「ああ、そうさ」と懐かしそうに語る。

「まだあたしと出会う前──うちの旦那が武者修行をしていた時の話だよ。とにかく珍しい金属を探して世界中を飛び回っていたあの人は、ある日どこぞの谷で誤って足を滑らしちまったらしくてね。てっきり死んだかと思いきや、気づいたらドワーフたちに介抱されていたんださ」

「そ、そうだったんですね……。全然知りませんでした……」

フィオちゃんも初耳だったらしく、かなり驚いているようだった。

「つまりラフラ殿の鍛冶技術はドワーフ由来のものだったと？」

「いや、さすがにそこまではしてくれなかったみたいだけどね。でも里を出るまでの間に色々と〝見る〟ことはできるだろ？　だからじゃないかい？　うちの旦那がこの町一番の鍛冶師になれたのはさ」

レイアさんの話を聞き、マグメルが納得したように頷く。

「なるほど。見様見真似で取り入れただけでも人として最高の鍛冶師になれたのですから、本場の技術は相当のものということですね？」

「ああ、そうさ。だからもし万が一にもドワーフたちの協力を取りつけることができたとしたら、あんたの望みも叶うんじゃないかい？　その子たちの持つ〝聖具〟ってやつみたいにさ」

「……確かに。なんだか希望が湧いてきました！　ありがとうございます、レイアさん！」

「はは、あたしは別に何もしちゃいないよ。ただもし本当に彼らの協力が得られて、あんた好みの最高の武器を手に入れることができたその時はさ、礼代わりに物好きそうなのを一人紹介しておくれよ。ドワーフの技術にあやかれる機会なんて今後二度とないだろうからね。ダメもとで弟子入りしてみたいんだ」

「ちょ、ちょっとお母さん!?」

「はは、そのくらい構やしないだろ？　それで世界を救えるんなら安いもんさ」

そう鷹揚に笑うレイアさんに、俺は再び大きく頷いて言ったのだった。

「わかりました。その時は必ずレイアさんに紹介すると約束します」

「ああ、頼んだよ」

互いに笑い合い、俺たちは《ラフラ武器店》をあとにしたのだった。

◇

そうして宿へと戻ってきた俺たちは、さっそくドワーフの居場所について話し合う。

だがドワーフは人魚以上に情報が少ないため、女神さま方に尋ねるのが一番手っ取り早いのではないかというのが皆の意見であった。

「ふむ、まあ妥当だな」

「おう。うちのババアも知ってたくらいだからな」

「そうね。それでここから一番近い女神となると、オルグレンの先にいるというテラさまになるのかしら？」

「そうですね。あのお方は〝地〟の女神でもありますし、地上の物事に関しては誰よりも詳しいのではないかと」

「凄い。じゃあいいお土産屋さんとかも知ってる？」

「お、お土産屋さんですか……？　え、えっと……」

困惑している様子のマグメルに苦笑を浮かべつつ、俺も頷いて言う。

「よし、わかった。なら明朝テラさまのもとへ向かおう。きっと何かしらの情報を知っているはずだからな」

「ああ」「はい」「おう」「ええ」「うん」

揃って頷く女子たちとともに、俺は翌朝テラさまのもとへ向けて急ぎ出立したのだった。

テラさまに続き、トゥルボーさまからもお力を賜ったあたしたちは、次の女神のもとに向けて旅を続けていた。

なんでもここから遥か南西の海域には〝水〟と〝繁栄〟を司る女神――シヌスさまがいるらしい。

となれば、まずは舟を貸してもらえそうな近辺の町まで向かうしかあるまい。

そう考えたあたしたちは、アフラールから街道を南に進み、軍事都市ベルクアに到着したのだが、

――たゆんたゆんっ。

「あの、聖女さま……？」

「はい、なんでしょうか？」

慈愛の微笑みで振り返るあたしの胸元を小さく指差しながら、豚が控えめに言った。

「もう町にも入りましたし、その防御壁は必要ないのではないかと……」

「……」

微笑みを崩さないまま、あたしは自身の胸元を見下ろす。

そこにあったのは、それはもうたわわに実ったビッグバストだった。

歩く度にぼよんぼよんと揺れるほどの代物である。

が、もちろん本物ではない。

トゥルボーさまから賜ったサブスキル――《柔風緩衝壁》の力により、胸元に風の防御壁ができているのである。

何故ほかの部位だと外側にできるのに、胸元の時だけ服の中かつこんな巨乳みたいな形になるのか。

それを議論することほど愚かなことはこの世にないので、あたしは一切語るつもりはない。

……。

ないったらないの！

「何を仰っているのです？　ポルコ。身の危険というのは、いつどこから降りかかるかしれたものではありません。ゆえにたとえ町の中であろうとも、常に意識を張り巡らせておかねばならないのです。とくに心臓は命の要。胸を守ることを第一に考えるのは当然のことと言えましよう」

「な、なるほど！　そういうことでしたか！」

納得したように豚が頷(うなず)く。

ふん、チョロいもんね。

どうせあんたもあれでしょ？

そうは言いつつも巨乳になったあたしの魅力にがっつりやられてるんでしょ？

わかってるんだから。

あんたの視線がいつもよりいやらしいってことくらいね。

でも困ったわ。

ただでさえ絶世の美女なあたしがこんなバストまで手に入れちゃったら、もう無敵なんてレベルじゃないじゃない。

馬車に乗せてくれた商人もあたしの胸をちらちら見てたし、このままだと清純派のイメージで通っているあたしが男どもの性の捌(は)け口になっちゃうわ。

あー困った困った、と今から男どもの反応を想像して、内心にやけ面(づら)の止まらないあたしだったのだが、

「――でしたらこの不肖ポルコめも存分(ぞんぶん)に警戒(けいかい)させていただきます！」

ぼんっ！　と豚が爆乳化する。

……はっ？

え、この豚何してんの？

そんなのどう見たって不自然じゃない!?

てか、あたしの巨乳が霞むじゃない!?

何考えてんのよあんた!?

が、もちろんあたしの思いなど豚にはまったく届くはずもなく、唖然とするあたしに豚は男らしく拳を握って言ったのだった。

「さあ、参りましょう！　救済を求める人々が我々を待っています！」

――ぼよんぼよんっ。

「……」

当然、あたしは死んだ目でしゅるしゅるぽんっとお胸を元に戻し、この町は安全そうだから大丈夫だと豚に告げたのであった。

66章　襲撃された里

当初の予定通り、テラさまの世界樹へと到着した俺たちは、互いの再会を大いに喜び合った。

テラさまも俺たちのことはずっと気になっていたらしい。

その心遣い（こころづか）いを本当にありがたいと思いつつ、新たにパーティーに加わった三人を紹介した俺は、早々に本題へと入ることにした。

「なるほど。ドワーフの里ですか」

「ええ。今のままだと俺の力に武器が耐えられないみたいでして……」

「そうでしたか。確かにあなたは以前と比べて格段に成長したように思えます。ほかの神々の力を得たということも一つの大きな要因ではあると思いますが、何よりかけがえのない大切な者たちとの出会いがあなたを一回りも二回りも大きく成長させているのでしょう」

「はい。きっとそうだと信じています」

俺が確信を持ってそう頷（うなず）くと、テラさまはふふっと嬉（うれ）しそうに笑って言った。

「その証明になるかどうかはわかりませんが、ここにいる聖女たち全員から以前よりも強いイグニフェルの力を感じます。よほど深く愛し合っている証拠です。あなたは彼女たち全員に満遍なく愛を注いでいるのですね」

「え、ええ、まあ……」

えっと、それは気持ち的なお話ですよね……？

俺がなんとも言えない気まずさを覚えていると、噂の聖女たちが口々にこんなことを言い始めた。

「ふむ、確かに満遍なく愛を注がれているとは思うのだが、その中でもやはり一番愛されているのは正妻である私であろうな」

「うふふ、何を仰っているのですか？　どう考えても私以外あり得ないと思うのですが？」

「はっ、寝言は寝て言えってんだ。おめえらがべそ搔きそうだったから言わなかったけどな、どうやらあたしとイグザは最っ高に相性がいいみてえだぜ？」

「あら、おかしなことを言うのね。セックスの相性なら私が一番だと自負しているし、きっと彼もそうだと感じているはずだわ。だから一番愛されているのは私よ」

「なるほど。要約するとわたしが一番。そうでしょう？　イグザ」

「え、えっと……」

どう答えてもバッドエンドしか見えないっていう……。

とりあえず無難に全員が一番だとでも答えようか迷っていると、テラさまがやはり嬉しそうに微笑んで言った。

「ふふ、あなたはとてもよい縁を育んでいるのですね、イグザ」

「そ、そうですかね？」

「ええ、そう思います。なのでいつか私の与えた力で是非賑やかで愛の溢れる家族を……いえ、〝大家族〟を作ってください」

「大家族!?」

なんか凄い単語が出てきたけど、そんなに育てられるかな……。

いや、でも俺も男だし、その時が来たら覚悟を決めて頑張るしかあるまい。

そうぐっと拳を握る俺を、テラさまが微笑ましそうに見つめてくる。

そして、彼女は「さて」と話を本題に戻した。

「あなたたちが知りたいのはドワーフたちの里がどこにあるかでしたね？」

「あ、はい。できればお教えいただけたらなと」

「もちろんそれは構わないのですが、ただあなたたちも知ってのとおり、ドワーフたちは他種族との交流を一切断って生活しています。である以上、たとえ里の場所をお伝えしたとしても彼らの協力を得られない可能性の方が高いです。それでもあなたたちは彼らに会いに行くおつもりですか？」

「ええ、もちろんです」

即答した俺に、テラさまはふっと口元を和らげて言った。

「あなたならきっとそう仰るのではないかと確信していました。——いいでしょう。ドワーフたちの里はここから北にある渓谷の地下深くにあります。川に沿って進みなさい。途中で大きな滝が見えるはずです。その裏に里への入り口が隠されていますが、今のあなたたちならすぐに見つけられるでしょう」

「わかりました！　ありがとうございます、テラさま！　必ずドワーフたちの協力を取りつけてきますので！」

俺がそう力強く断言すると、テラさまは相変わらず柔らかい笑みを浮かべて頷いたのだった。

「ええ、期待しています。どうかあなたたちの旅路によき縁があらんことを」

そうして新たにパーティーに加わった三人にもテラさまのお力を与えていただいた後、俺たちは彼女の言う北の渓谷を目指して移動を続ける。

確かこれをさらに北に進むとフルガさまのもとへと辿り着けるはずだ。

〝雷〟のほかに〝破壊〟も司るというくらいだし、当然一筋縄ではいかないだろう。

十分に用心して向かわなければ。

　そう決意を新たにしつつ、俺たちは言われたとおりに川沿いを進み、やがて目印となる大きな滝を見つける。

　そして滝の裏に隠されていた洞窟を進み、恐らくはドワーフの里であろう大空洞へと辿り着いたのだが、

「――さあ、殺しなさい！　殺し尽くすのです！」

「うおおおおおおおおおおおおおおおおおっっ!!」

　――ずがんっ！

『うわあああああああああああああああああああっっ!?』

「「「「「――なっ!?」」」」」

　そこで見たのは、青白い顔をした黒衣の男が、ドワーフと思しき女性に命令を下しながら里を破壊している光景だった。

《閑話》聖者サイド2：インキュバス

「……あら？」

〝盾〟の聖女——シヴァが聖者たちのもとを訪れると、そこには珍しい光景が広がっていた。

七つある円卓の椅子のうち、二つが空席になっていたのである。

自分と同じ〝盾〟の聖者が見つかっていない以上、一つが空席なのはいつものことなのだが、二つというのははじめてであった。

ゆえにシヴァは問う。

「欠席なんて珍しいわね。寝坊でもしたのかしら？」

すると、円卓の最奥に座っていた〝剣〟の聖者——エリュシオンが静かに口を開いた。

「相変わらず口の減らない女だな、貴様は」

エリュシオンは聖者たちのリーダー格であり、また〝鬼人〟と呼ばれる亜人種でもあった。

実力は間違いなく聖者たちの中でも最強——たとえ〝盾〟の聖女たるシヴァであったとしても彼の一撃を防ぐことは不可能だろう。

　そんなエリュシオンに軽口を叩くのだから、シヴァの胆力もなかなかのものである。

「やつには一部を除き、ドワーフどもを殲滅するよう命じた」

「あら、同じ亜人種なのに何故？　滅ぼすのは人間だけじゃなかったのかしら？」

「無論、人は滅ぼす。だがドワーフの技術力はいよいよ脅威の域に達しようとしている。このままでは我らの描く新世界に災厄をもたらしかねないと判断した。ゆえにある程度の技術力を持ち、やつがコントロールできる一部の〝女〟のみを生かす」

「なるほど。だから彼を行かせたのね？　〝杖〟の聖者でありながら全ての女性を虜にする〝インキュバス〟の亜人――ヘスペリオスさまを」

　シヴァがそう告げると、エリュシオンは鼻で笑いながら言った。

「その〝全て〟に貴様が含まれていないのが悔やまれるがな」

「当然でしょう？　私はこれでも〝盾〟の力を持っているのだから。たかが淫魔の魅了如きで落とされたら堪ったもんじゃないわ」

「ふん、女狐風情がよく言う」

「ふふ、褒め言葉として受けとっておくわ」

　そう笑い、シヴァは「でもいいのかしら？」と不敵に続ける。

「例の坊やたちもちょうどドワーフの里へと向かったみたいだけれど？」

「問題はない。不死身の小僧は別だが、ほかのやつらは聖女とはいえ所詮は〝女〟だ。であればへスペリオスの敵ではない。むしろ小僧を哀(あわ)れにすら思うぞ。何せ、自分の愛する女どもを根こそぎやつに奪われるのだからな」

珍しく笑みを浮かべるエリュシオンに、シヴァは呆(あき)れたように言った。

「それはまた随分(ずいぶん)と悪趣味なことね。あなた、意外と性格悪いの？」

「ふん、聖女でありながら我らに与(くみ)した貴様よりはマシだ」

「あら、言ってくれるじゃない。でもあの子たちをあまり甘く見すぎない方がいいわよ？〝愛〟というのは意外と馬鹿(ばか)にできないものなのだから」

「……」

そう告げた後、シヴァはヒールの音を響かせ、聖者たちのもとを去っていったのだった。

「……おや？　あなたたちはドワーフではないようですね？」

啞然と佇んでいた俺たちに気づいたらしく、黒衣の男が問いかけてくる。

年齢は二十代半ばから後半くらいだろうか。

まるで彫像のように美しい容姿をした痩軀の男だった。

その青白い肌も相まってか、本当に一つの芸術品のように思えたのである。

正直、男の俺から見ても色香を感じるほど美しい男だったのだが、しかしどうやら人間ではないらしい。

白目部分は全て黒く塗り潰され、その中央で瞳が鮮血のように赤く輝いている。

しかも背にはやはり漆黒の翼が折り畳まれており、恐らくは何かしらの亜人種のようであった。

「……あんた、何者だ？」

訝しげに問う俺に、「これは失礼」と男は優雅に頭を下げて言った。

「私の名はヘスペリオス。訳あってドワーフたちを抹殺しに来たただの淫魔です」

「淫魔……？」

俺が眉根を寄せていると、アルカが聖槍を構えて忠告した。

「気をつけろ、イグザ。こいつからは我らと同じ気配を感じる。今までずっと聖女とばかり出会ってきたゆえ些か驚いているが、通常で考えれば可能性は半々なのだ。当然、存在していたとしてもおかしくはないだろう」

「ど、どういうことだ？」

困惑する俺に、アルカは警戒を崩さずこう言った。

「このような所業を犯した者ゆえ信じられんかもしれんが――こいつは〝聖者〟だ」

「聖者……っ⁉」

当然、俺は驚愕の事実に言葉を失う。

ならばこの男――ヘスペリオスが《宝盾》のスキルを持つ〝盾〟の聖者だとでもいうのだろうか。

いや、だがしかしあの占い師の女性は七人の〝聖女〟を集めろと言った。

エルマを合わせれば現状六人の聖女が揃っているわけだし、今さら一人だけ聖者……つまりは〝男〟というのは少々不自然な気がする。

ただ同じ時代に七つのレアスキル持ちが複数存在しないという確証はないので、なんとも言えないのだが……。

「ふむ、なるほど。あなたたちは例の聖女ご一行というわけですか」

ヘスペリオスが全てを悟ったように頷く。

こちらにはまるで見覚えがないのだが、どうやら向こうは俺たちのことを知っているらしい。

ククッとヘスペリオスは不敵に笑って言った。

「ならば隠す必要はありませんね。確かに私は聖者です。賜りし力は《無杖》。つまりはそこのお嬢さんと同じく〝杖〟の聖者になります」

「私と同じ〝杖〟の聖者……っ!?」

驚くマグメルに、ヘスペリオスは「ええ」と頷き、そして微笑む。

「ただし私はあなたよりも遥かに上の力を有していますがね」

「……随分と舐められたものですね。確かにあなたからは私たちと同じ気配を感じますし、私と同じ《無杖》のスキルを持っているというのもあながち嘘ではないのでしょう」

ですが、とマグメルは聖杖をヘスペリオスに突きつけて言い放つ。

「《無杖》を賜りし者に与えられる聖具――〝聖杖〟はあなたではなく私を選んでくれました。である以上、たとえあなたが《無杖》のスキルを持っていたとしても私を上回ることは断じてあり得ません」

そう言い切るマグメルを、しかしヘスペリオスは愛しげに見つめながら言った。

「ふふ、あなたは可愛らしい人ですね」

「なっ⁉」

たぶん馬鹿にされたと思ったのだろう。

悔しそうに顔を紅潮させるマグメルに、ヘスペリオスは微笑みを崩さず続ける。

「しかし愚かでもあります。聖具は所詮、人が人のために作り出したもの。人より優れた我ら亜人種の聖者には、当然それに勝るこの〝神器〟が与えられているのですから」

「「「「――っ⁉」」」」

そう言ってヘスペリオスが取り出したのは、どこか禍々しい感じのする一本の杖だった。

〝神器〟だと彼は言っていたが、まさか本当に聖杖を凌駕する力を持っているとでもいうのだろうか。

「そしてあなたたちは私と出会った時点ですでに詰んでいたのです。私がなんの種族か覚えていますか？」

「なんの種族かですって？　そんなの〝インキュバス〟に決まって……って、まさかっ⁉」

そこで何かに気づいたのだろう。

「マグメル！　今すぐに結界を張って！　早く！」

「えっ？」

ザナが慌てた様子でそう声を張り上げる。

が。

「もう遅いです。――〝《神纏(グランド)》隷属催淫閃(テンプテーション)〟ッ！」

――ぐわんっ。

「「「「――あぐっ⁉」」」」

「――っ⁉」

その瞬間、女子たちが揃ってその場に崩れ落ちる。

ある者は乳房(ちぶさ)を鷲掴(わしづか)みし、またある者は下腹部を両手で押さえながら、荒い呼吸で必死に何かを堪(こら)えているようだった。

彼女たちの顔は耳まで真っ赤に染まっており、不謹慎(ふきんしん)だが妙に色っぽいとすら思ってしまったほどだ。

「み、皆大丈夫か⁉　一体どうしたんだ⁉」

突然のことに困惑する俺だが、今の彼女たちにはそれに答える余裕すら残されてはいないらしい。

一体何が……、と佇むことしかできない俺に、ヘスペリオスは言った。

「無駄ですよ。彼女たちはすでに私の虜(とりこ)になりかけているのですから」

「なんだと!?」

「言ったでしょう？　私は淫魔――〝インキュバス〟だと。たとえ聖女であろうとも、全ての女性は我らインキュバスの魅了から逃れることはできません。そう、彼女のようにね」

そう言ってヘスペリオスが顎を持ち上げたのは、先ほど大槌を手に暴れ回っていたドワーフの女性だった。

女性は頬を朱に染め、虚ろな目でヘスペリオスを見つめている。

やつの言ったとおり、すでに魅了済みなのだろう。

だからやつの命令通り暴れていたのだ。

まさか皆も彼女のようになるというのだろうか。

いや、そんなことあるはずがない。

彼女たちの強さは俺が一番よく知っている。

たとえ聖女でなかったとしても、あんなやつの虜になどなるはずがないと。

だから俺はヘスペリオスに向けて力の限りに反論した。

「ふざけんな！　お前如きに俺の嫁たちが魅了なんてされるはずないだろ!?」

「ふふ、その虚勢がいつまで続くか見物ですね。すでに見えていますよ。私に抱かれる聖女たちの様子を、ただ呆然と眺め続けることしかできないあなたの無様な姿がね」

「だとしたらあんたの目は節穴だ！　そんなこと絶対にあり得ないからな！」

「いいえ、あり得ます。だってこうしたら――」

「――なっ!?」

その瞬間、ドワーフの女性が懐から取り出したナイフを自身の首元に突きつける。

「あなたはもう動けないでしょう?」

「てめえ……っ」

ぎりっと歯が欠けそうなほど食い縛り、ヘスペリオスを睨みつける。

「ふふ」

だがヘスペリオスは依然余裕の笑みを浮かべており、俺の反応を愉しんでいるようだったと。

「ほら、あなたがもたもたしているからもう手遅れです」

「――っ!?」

まさか……っ!?　と慌てて女子たちの方を見やると、彼女たちはゆっくりと立ち上がり、未だ荒い呼吸かつ俯いたままではあるものの、それぞれが俺に向けて武器を構えていた。

「そんな……」

「……くっ、はははははっ!　そうです!　その顔が見たかった!　どんな気持ちですか!?　愛する者たちを全て私に奪われた気分は!?」

「くっ……」

本当にやつの虜になってしまったというのか……っ⁉

たかが淫魔の魅了如きに、俺たちの紡いできた絆が塗り替えられてしまったと……っ⁉

いいや、そんなはずはない！

だって彼女たちは……彼女たちは俺の……っ！

と。


「……ろし……くれ……」


「──っ⁉」「……おや？」

ふいにぽつりと聞こえた声音に、俺はおろかヘスペリオスも意外そうな表情を見せる。

声を発したのはアルカだった。

そして彼女は絞り出すように言う。

「……早く私たちを……殺して、くれ……っ。これ以上は……もう、抑えられない……っ」

「アルカ！」

「ほう？　よもや神器を手にした私の魅了に抗うとは……。ふふ、さすがは聖女といったところでしょうか。どうせ私のものになるというのに無駄なことを」

「うるせえ！　てめえは黙ってろ！」

「おや、怖い怖い」

そう余裕の笑みで肩を竦めるヘスペリオスに、俺がこの上ない憤りをぶつけていると、ほかの女子たちからもそれぞれ声が上がった。

「イグザ、さま……っ。お願い、します……っ」

「ぐっ、あんなクソ野郎になんざ……犯されたく、ねえ……っ」

「お願い、イグザ……っ。早く私たちを……っ」

「殺して……っ。イグザ……っ」

「皆……」

「心配、するな……っ。お前には……蘇生術が、ある……っ。だから気にせず、私たちを……殺せ……っ」

「くっ……」

確かに俺にはトゥルボーさまから賜った《完全蘇生》の力がある。

死後数年が経過していたザナのお母さん――リフィアさまですら蘇生させたくらいだ。

今ここで彼女たち全員を殺めたとしても即座に生き返らせることができるだろう。

だが……。

「……そんなこと、できるわけないだろ⁉」

「「「「！」」」」

俺は力の限りにそう声を荒らげる。

たとえそれが現状最善の手だったとしても、彼女たちは俺の大切な人たちなのだ。

何よりも大切な、俺のお嫁さんたちなのだ。

それを俺の手で殺めることなど、そんなのできるはずないじゃないか!?

ぐ、う……っ、と涙ながらに拳を限界まで強く握って訴える俺に、しかしアルカはふっと表情を和らげ、絶え絶えになった呼吸を必死に隠しながら言った。


「……ありがとう、イグザ」


「えっ？」

「お前のその気持ちは、凄く嬉しい……。きっと皆同じ思い、だろう……。でもだからこそ、私たちの願いを聞いて、ほしいんだ……。私たちは……私たちはお前以外の男に穢されたくないんだよ……」

にこり、と笑顔で涙を流すアルカの姿に、俺の鼓動が大きく跳ね上がる。

そしてゆっくりと周囲を見渡した俺の目に飛び込んできたのは、アルカ同様辛さを必死に堪えながら微笑みを浮かべている皆の姿だった。

きっと皆すでに俺に殺される覚悟ができているのだろう。

だからこそ俺に心配ないのだと微笑んでくれているんだと思う。

が。

「……ふざ、けんな……っ」

──ばちっ。

「えっ？」

俺はゆっくりとかぶりを振って言った。

「俺は、俺は君たちを〝必ず守る〟と誓ったんだ……っ。だから俺は絶対に君たちを傷つけたりなんてしない……っ。ましてやこの手で殺めるなんてそんなこと──そんなこと絶対にしてたまるかってんだッッ!!」

「「「イグザ……」」」「イグザさま……」

「だから俺を信じろッ！　あんなやつになんて絶対に穢させやしないッ！　君たちは……いや、お前たちは全員俺の女だッッ!!」

「「「「！」」」」

「……くっ、はっはっはっ！　それはそれは！　なんとも自己中心的で醜いことですね。つまりあなたは自分の感情のために彼女たちの思いを踏みにじると、そういうことですか？　いやはや、実に人間らしい」

そう愉快そうに笑い声を上げるヘスペリオスだったが、

「……何が、おかしい……っ？」

「はい？」

アルカがギッとやつを睨みつけ、それにマグメルたちも続く。

「……イグザさまは、醜くなんてありません……っ」

「そうだぜ、クソ野郎……っ。イグザが、〝信じろ〟っつったんだ……っ。ならあたしたちは……っ」

「彼を、信じるだけよ……っ。そんなの当然、でしょう……っ？」

「うん……っ。何も踏みにじられてなんて、いない……っ」

「……なるほど。あなたたちも所詮は彼と同類ということですか。やれやれ、せっかくの聖女ゆえ、愛玩具程度の扱いはして差し上げようかと思っていましたが……考えが変わりました。あなたたちは私が適当に楽しんだ後、オークどもの性処理道具にでもしようと思います」

さあ、後悔なさい！　とヘスペリオスが神器を天高く掲げ、先ほどよりも激しい光が女子たちを襲う。

きっと彼女たちは俺の嫁でなかったなら、この閃光で身も心もやつに奪われていたことだろう。

だが。

「――いつまでも人の女に手を出してんじゃねえッッ!!」

――ばちばちっ！

「――っ!?」

そうはならなかった。

日々彼女たちと愛し合い、結んだ絆はしっかりと俺たちを〝見えない糸〟で繋いでいたのだから。

――きゅいいいいいんっ！

「な、なんですかこの不快な輝きは!?」

まるで彼女たちを守るかのように包み込んだ淡い輝きに、ヘスペリオスがぎょっと目を見開く。

その輝きはやがて集束するかの如くそれぞれの下腹部へと集まったかと思うと、

――ばしゅっ！

紋章のようなものを彼女たちの身体に刻みつけ、やつの呪縛から解き放った。

服装の関係上、はっきり見えているのはオフィールとティルナだけだったが、それでもその紋章が〝雄々しく羽ばたく不死鳥〟を表していることだけは一目でわかった。

「ば、馬鹿な!? 何故私の魅了が通じない!? いや、何故打ち破ることができたのです!?」

愕然と後退るヘスペリオスに、今度は俺が確信を持って告げる。

「そんなの当然だろ？ 彼女たちには俺がいつも満遍なく愛を注いでいるんだ。逆に言ってやるよ、ヘスペリオス。俺たちの前に立った時点であんたは詰んでいたんだ。何故なら彼女たちには俺の力が宿っている。そう――最初から〝俺だけの嫁〟だったんだからな」

「なん、ですって……っ!?」

「そしてこの紋章はその証であり、俺が彼女たちを命に代えても守るという誓いの刻印。名付けるならそう――〝鳳凰紋章〟だ」

「鳳凰、紋章……っ!?」

「覚悟しろよ、インキュバス。人の嫁に手を出したその報い――てめえのか細い身体にたっぷりと叩き込んでやるからなッ！」

ごうっ！ と怒りの炎を猛らせ、俺たちの反撃が始まったのだった。

68章　火遊びの代償

「くっ、インキュバスである私に〝淫紋〟で対抗するなど……っ」

ぎりっ、とヘスペリオスが悔しそうに唇を噛み締める。

淫紋……？　と俺が眉根を寄せていると、ザナが鼻で笑いながら言った。

「残念だけれど、これは淫紋じゃないわ。あなたたちインキュバスの使う淫紋は女性を心身ともに快楽で屈服させた隷属の証だけれど、私たちのこれは彼との〝愛〟と――そして〝絆〟の証。快楽だけの紛い物と一緒にしないでもらえるかしら？」

なるほど、どうやら〝淫紋〟というのは性的奴隷につけられる印らしい。

確かに俺の〝鳳凰紋章〟とはまったくの別物だ。

何せ、

「お姫さまの意見に同感だ。てめえの淫紋とやらはこんな風に力を漲らせちゃくれねえだろ？」

そう不敵に笑うオフィールの身体からは、まるで炎のように赤いオーラが揺らめいていたからだ。

いや、オフィールだけではない。

「ふむ、鳳凰紋章(フェニックスシール)を通じて我らの身体にイグザの力が流れ込んでいるというわけか。確かに愛の為(な)せる技(わざ)だな」

「ですね。神器(じんぎ)だかなんだか知りませんが今一度言います。あなたが私(わたくし)を……いえ、私たちを上回ることは断じてあり得ません」

「うん。だってわたしたちはイグザのお嫁さんだから。イグザがいてくれれば、わたしたちは絶対に負けない」

「そういうことよ。ごめんなさいね。私たちには愛する彼がいるの。あなたのような魅力の欠片(かけら)もない人の虜(とりこ)になんてなるはずないでしょう?」

「皆……」

アルカも、マグメルも、ティルナも、ザナも、色こそ違えど全員が同じオーラに包まれていたのである。

「ぐっ、生意気な小娘どもが……っ」

その美しい顔を怒りで歪(ゆが)ませるヘスペリオスに、俺もスザクフォームに変身して言う。

「その小娘たちにあんたは負けたんだ。鳳凰紋章(フェニックスシール)は俺一人の力で発動させられるものじゃないからな。そして今度は俺にも負ける」

びゅっと片刃(かたは)剣にしたヒノカグヅチを突きつけると、ヘスペリオスはククッと含み笑いを浮かべて言った。

「あまり調子に乗らないでもらえませんかね……っ？　私、今もの凄く虫の居所が悪いもので……っ」

「奇遇だな。俺もさっきからあんたをぶちのめしたくて堪らなかったんだ。悪いが手加減するつもりはないからな」

と。

「――だから調子に乗るなと言っただろうがッ！」

ごごうっ！　とヘスペリオスが神器から極大の蒼い炎を放ってくる。

さすがは〝杖〟の聖者――無詠唱でこれだけの術技を放てる者なんて、今のマグメルか女神さま方くらいしかいないだろう。

だが。

「それはこっちの台詞だッ！」

――ずばんっ！

「――なっ⁉」

やつの蒼炎を真っ二つに斬り裂きながら、俺は女子たちに向けて声を張り上げた。

「こいつの相手は俺が引き受ける！　皆は怪我人の救助と魅了されているドワーフたちの制圧を頼む！　もちろん殺さないようにな！」

「「「「了解！」」」」

全員が揃って頷いてくれたことを確認した俺は、ヘスペリオスとの決着をつけるべく力を解放したのだった。

――馬鹿な!?

――馬鹿な!?

――馬鹿な!?

――馬鹿な!?

燃え盛る炎の中、ヘスペリオスは苛立ち、そして困惑していた。

最上級のインキュバスであり、かつ神器を備え、術技に特化した〝杖〟の聖者でもあるはずのヘスペリオスの魅了が、たかが人間風情の〝愛〟や〝絆〟などというものの前に打ち破られたのである。

今までそんなことはただの一度たりとてありはしなかった。

人も、亜人も、魔物ですらも、〝雌〟であるのならば必ずヘスペリオスの前に陥落してきたからだ。

なのに何故やつらには魅了が通じない!?

何故自分のものにならない!?

――何故!?

――何故!?

――何故!?

――何故!?

「はあああああああああああああッ!」

――ごうっ!

「ぐうっ!? 舐め、るなああああああああああああああああああッッ!!」

どひゅうううううううううううっ! とヘスペリオスは風の斬撃を無数に放つ。

先ほどの蒼炎と同じく、風属性の中でも最高位の術技――〝《神纏》孤月乱爪刃〟だ。

通常であれば触れただけで全てを斬り裂くはずの術技なのに、

「うおおおおおおおおおおおおおおおッ!」

――ごごうっ!

「――なっ!?」

なのに何故こいつは肉片にならない⁉

まさかあの属性武器で全てを弾いているとでもいうのか⁉

いいや、そんなことできるはずがない！

たとえ女神たちの力を借りていたとしても、同じ神より与えられし神器を持つヘスペリオスの術技を！

《無杖》のレアスキルを持つ〝杖〟の聖者たるヘスペリオスの最高位術技を！

どこの鍛冶師が作ったのかもわからないような剣で防ぐことなど絶対にできるはずがない！

――ばきんっ！

「――っ⁉」

ほら見ろ、砕け散ったではないか。

当然だ。

何故ならヘスペリオスは終焉の女神に選ばれし〝杖〟の聖者なのだから。

――どひゅううううううううううううううっ！

「ぐうっ⁉」

まったく無様なものである。

頼みの武器を失い、ヘスペリオスの風刃をまともに受けているではないか。

首を刎ねることができなかったのが悔やまれるところだが、腕が飛び、足が飛び、今にも胴が上下にわかれそうだ。

なんと醜く、そして呆気ない幕引きか。

とはいえ、あの男は不死身。

どれだけ刻んだところでいずれ元の形に再生することだろう。

ならばこのまま細切れにして、瓶詰めにした首の前で女どもを犯し尽くしてやる。

そう愉悦に満ちた笑みを浮かべていたヘスペリオスだったのだが、

——がしっ！


「——っ!?」

突如伸びてきた手が彼の顔を鷲摑みにする。

見れば斬り裂いたはずの部位が全て炎に包まれ、再生しているではないか。

な、なんなのだこいつは……っ!?　と堪らずヘスペリオスは顔を強張らせる。

これはもはや不死身とかいうレベルではない……っ!?

明らかに人の身には余る力……っ!?

それを何故レアスキル持ちでもない人間風情が……っ!?

「なあ、インキュバス。人の女に手を出すことを〝火遊び〟っていうの知ってるか？」

「な、何を……っ!?」

「あんたは随分と火遊びが好きなようだな。ならお望み通り大好きな火遊びをさせてやるよ」

──ごうっ！

「──っ!?」

その瞬間、ヘスペリオスの視界が真っ赤な炎で埋め尽くされる。

「ぐあああああああああああああああああああああああっっ!?」

──熱い!?

──熱い!?

──熱い!?

──熱い!?

「せいぜい華々しく燃え尽きろ、クソ野郎。人の嫁を散々泣かせやがったあんたにはお似合いの末路だ」

──ごごうっ！

そうして襲いきた灼熱の嵐に、ヘスペリオスの意識はその身体ごと溶けるように消えていったのだった。

《聖女パーティー》エルマ視点23：ちょっとは気を遣いなさいよね!?

豚が余計なことをしてくれたおかげで、あたしのビッグバストプロジェクトが見事に頓挫したことはさておき。

あたしたちは軍事都市ベルクアの宿で旅の疲れを癒やそうとしていたのだが、

「……あれ？」

ふと何故かもの凄く身体が軽くなっていることに気づく。

先ほどまではそこそこ疲労感もあり、今日は早めに休もうかと考えていたのだが、いつの間にやらそれが一気に吹き飛んでいたのである。

もしかして女神さま方の力を賜ったことにより、肉体の回復速度が向上しているとでもいうのだろうか。

スキルは死ぬほど使えないものばかりだったけれど、もしそうならあたしの女神化計画も少しは進んでいるということになる。

なんなら次くらいでぽぽんっと決まっちゃうんじゃないかしら？

ほら、あたしってもう存在自体が女神のようなものだし。

てか、今までの旅で一体どれだけの男どもを虜にしてきたか知れたもんじゃないし。

「……はあ、なんて罪な女なのかしらね……」

そう愁いを帯びた表情で自らの尊さを嘆くあたしだったのだが、

――ばんっ！


「ひゃぎいっ!?」

「聖女さま、朗報です！　なんと町の人々が皆、健康に……って、どうされたのですか？」

「い、いえ、ちょっと近接格闘術の鍛錬を……」

思わず変なポーズをとっていたあたしは、努めて冷静に元の姿勢へと戻る。

てか、ノックもせずにレディの部屋に入ってくるんじゃないわよ!?

もしあたしが着替え中だったらどうするわけ!?

いや、むしろそれが狙いだったんでしょあんた！

絶対そうに違いないわ！

巨乳好きのフリをして、その実この至高の柔肌を虎視眈々と狙ってたってわけね!?

なんて策士なの!?

この変態貧乳マニア！

……。

いや、あたし貧乳じゃないし⁉

何言わせてんのよ、この豚！　と内心罵倒しまくるあたしだが、もちろんそれを一切表情に出さないのがあたしの凄いところである。

まあ今のでがっつりストレスが溜まったので、あとで豚はお腹ぽよぽよの刑だけどね！

「それで町の皆さまがどうされたのですか？」

ともあれ、あたしは豚の話に耳を傾ける。

すると、豚は興奮冷めやらぬ様子で言った。

「そ、そうでした！　実は先ほど町の出店で小腹を満たしていたのですが、突如皆さまが口々に〝身体が軽くなった〟と言い始めまして、私もなんだかフットワークが軽くなったような気がしたのです！」

「まあ、それはよかったですね」

「はい！」

でもね、それはあんたの気のせいよ、豚。

だってあんた——明らかに出会った頃より太ってるもの。

「見てください、この身のこなし！　これでさらに聖女さまのお役に立てますぞ！」

――ぶるんぶるんっ。

「ふふ、期待していますよ、ポルコ」

ほくほく顔でフットワークの軽さを披露する豚のわがままボディを、あたしは黄昏れたような目で見据えていたのだった。

てか、その前にあたしに黙って買い食いしてんじゃないわよ⁉

いや、買い食い自体は構わないけど、あたしの分も買ってきなさいよね⁉

69章　里一番の天才鍛冶師

「彼女、まだ落ち込んでるの？」

「ああ。ヘスペリオスに魅了されたことがよっぽどショックだったらしい」

　ちらり、と工房内を見やった俺たちの目に映ったのは、膝を抱え、がっくりと肩を落としている小柄なドワーフの女性――ナザリィさんだった。

　そう、大槌を振り回して同胞を襲った挙げ句、ヘスペリオスに顎クイされていた人である。

　ヘスペリオスを倒した後、俺はマグメルとともに傷ついた人たちの治療を全力で行った。

　救助の迅速さもあってか、幸いにも命を落とした人はおらず、族長さんを含めた皆さんからも感謝の言葉をいただいたりしたのだが、ただ一人ナザリィさんだけが未だにとっても落ち込んでいたのである。

　というのも、彼女は〝稀代の天才〟と呼ばれるほどの腕を誇る里一番の鍛冶師で、それはもう自信満々にヘスペリオスを撃退しに向かったらしいのだが、あっという間に魅了されるという大失態を犯してしまったからだ。

おかげで「わしのことは放っておいてくれ……」と昨日からずっとあんな感じでしょんぼりしているのである。

「でも困ったわね。族長さんたちのお話だと、あなたの期待に応えられそうなのは彼女だけだっていうし、ヒノカグヅチも砕けてしまった以上、早々に新しい武器の製作をお願いしたいのだけれど」

「まあ仕方ないさ。皆を守ろうとして立ち向かった結果、敵に操られて仲間たちを傷つけることになっちまったんだ。そりゃショックも受けるよ」

「そうね。まあ彼女の場合は別の理由もありそうだけれど……」

「？」

意味深なザナの言葉に俺が小首を傾げていると、里の復興作業を手伝っていたティルナがこちらに近づいてきて言った。

「ナザリィは大丈夫そう？」

「うーん、今の時点ではなんとも言えないな……。もう少し時間が経てば落ち着いてくれるとは思うんだけど……」

と。

「――うん、なら今こそイグザの出番。ナザリィの頭を撫でてあげて」

「えっ？」

ふいにティルナがそんなことを言い出し、俺は鳩が豆鉄砲を食ったような顔になる。

だがザナもティルナの意見には同意だったようで、ふふっと笑って言った。

「そうね。確かにそれが一番かもしれないわ」

「え、ちょ、えっ？　ほ、本気で言ってるのか？」

「ええ、もちろんよ。これだけ多くの聖女……いえ、女性を笑顔にしてきたあなただもの。必ず彼女も笑顔にできるわ」

「お、おう……」

そう言われてしまったらもう頷くしかないではないか。

「頑張って、イグザ」

「ああ、任せとけ」

ティルナにも応援され、俺もなんだかその気になってくる。

――よし、わかった。

なら俺が彼女をばっちり笑顔にしてやろうじゃないか。

内心そう頷いた俺は、未だに一人、工房内で俯いていたナザリィさんのもとへと赴くと、意を決してその頭を撫でながら言った。

「大丈夫です、ナザリィさん。ヘスペリオスのやつは俺がぶっ飛ばしておきましたから」

が。

──がばっ。

「い、いきなり何をするんじゃおぬし!?　わしへの当てつけか!?　そうなんじゃな!?　うわ～ん!?　おぬしなんて嫌いじゃ～!?」

「えぇ……」

思いっきり手を振り払われた挙げ句、泣かれた上に嫌われるというトリプルコンボを食らうハメになったのだった。

いや、全然ダメじゃねえか……。

それからなんとか甘いホットミルクでナザリィさんを落ち着かせた俺は、少しずつだが彼女とコミュニケーションがとれるようになっていた。

「なるほど。つまりナザリィさんは自分でヘスペリオスを倒したかったんですね？」

「そうじゃ……。里の者たちは皆わしを天才じゃと言いよる……。ならばその期待に応えてやらねばならんじゃろうて……。じゃからわしは天才の名に恥(は)じぬ活躍を見せようと、愛用の槌(つち)

を片手にやつの前に立ったのじゃが……まさかインキュバスじゃったとは……」

ずーんっ、とあからさまに落ち込むナザリィさんに、俺も苦笑する。

まあ通常であれば女性である以上、インキュバスの魅了からは逃れられないからな。

いくらナザリィさんが最高の鍛冶師であったとしても、絶望的に相手が悪かったとしか言えないだろう。

「そう落ち込まないでください。俺も相手がサキュバスだったら同じことになっていたかもしれませんし」

ちなみに〝サキュバス〟というのは女性の淫魔のことで、男性に対して絶対的優位をとれる亜人種である。

要はえっちなお姉さんだ。

「じゃろ⁉　わしじゃって相手がインキュバスでなければ華麗に勝ってたわい！　そう、今回はたまたま運が悪かっただけなんじゃ！」

「え、ええ、そうだと思いますよ？　だからあんなやつのことなんて気にしないでください。もう塵一つ残っていませんから」

俺がそう元気づけると、ナザリィさんは「うんむ」と大きく頷いて言った。

「おかげで少しじゃが気力が戻ってきたわい。感謝するぞ、小僧。それとさっきはすまんかったのう。てっきりわしをコケにしようとしとるのかとばかり……」

「まさか。あんなに落ち込んでる人にそんなことするはずないじゃないですか」

「うむ、そうじゃな。おぬしはそういうことをせん男じゃとわしの直感が告げておるわい」

というわけで、とナザリィさんが大きく胸を張って言った。

「改めて自己紹介をさせてもらおうかのう。わしはこの里一番の鍛冶師――ナザリィじゃ」

「俺はイグザです。聖女たちのまとめ役だとでも思ってもらえたらと」

「うむ、承知した。ではこれからよろしく頼むぞい、ハーレム王」

「はい、よろしくお願いしま……うん？　ハーレム王……？」

あながち間違ってはいないんだろうけど、その呼び方はどうなの……？

俺がそう黄昏れたような顔になっていると、「あー、それとな……」とナザリィさんが何やら恥ずかしそうに頬を掻いて言った。

「その、よければもう一度頭を撫でてくれんかのう……。先ほどは思わず振り払ってしまったが、存外よい心地じゃったもので……」

「はは、わかりました」

頷き、俺は再びナザリィさんの頭を優しく撫でてあげたのだった。

なんというか、意外と可愛らしい人である。

70章　ヒヒイロカネを手に入れろ

「なるほどのう。それでわしにおぬしの力に耐えうる武器を作ってほしいのじゃな?」

俺たちの話を聞いたナザリィさんが神妙な顔で頷く。

「はい。族長さんたちもそれができるのはナザリィさんくらいだろうと」

「まあそうじゃな。何せ、わしの腕は〝鍛冶神〟の異名を誇る古のドワーフにすら勝ると自負しておるからのう」

えっへん、と得意げに胸を張るナザリィさんを微笑ましく思いつつ、俺は尋ねる。

「じゃあお願いしても?」

「うむ。おぬしたちは里の恩人でもあるからのう。喜んで引き受けさせてもらうぞい」

「ありがとうございます!」

俺たちが揃って頭を下げる中、ナザリィさんは「ただ……」と眉間にしわを寄せて言った。

「おぬしの力に耐えうる武器となると、恐らくは〝ヒヒイロカネ〟を使うほかないじゃろう」

「ヒヒイロカネ……。確か我らの聖具と同じ素材だったな?」

　アルカの問いに、ナザリィさんは大きく頷く。

「うんむ、そうじゃ。現在では〝生成不可〟とも言われておる伝説の超金属じゃな」

「そんなものが作れるの？」とティルナ。

「いや、俺に聞かれても……。ただその材料になるっていうアダマンティアなら、以前マルグリドの山から海に落としたことがあったな」

　あの時は《不死身》のスキル以外なんの力もなかったから、かなり苦労したっけか。

「そりゃすげえや。さすがはあたしの見込んだ男だぜ。しっかしよくあんなでけえもん動かせたな？」

「まあ色々と頑張ったからな。今だったらもうちょっと楽にできるとは思うけど」

　俺がそう告げると、ナザリィさんが「ふむふむ」と頷いて言った。

「じゃったら話は早いのう。ヒヒイロカネの生成にはアダマンティアの甲羅が欠かせぬ。ゆえにおぬしらにはそれを採ってきてほしいのじゃ。もちろん丸々一匹分をのう」

「「「「えっ？」」」」

　揃って目を丸くする俺たち。

　それはつまりあの馬鹿でかい甲羅をここまで運んでこいということだろうか。

　呆然と言葉を失っていた俺たちに、ナザリィさんは半眼を向けて言った。

「何を呆けておる。当然じゃろう？　ヒヒイロカネというのはアダマンティアの甲羅を想像もできぬほどの高温の炎で包み、限界まで凝縮し変質させることによって生まれる超金属。ゆえに手のひらほどの欠片を持ってきたところでヒヒイロカネは作れんわ」

そう肩を竦めるナザリィさんに、俺たちもなるほどと頷く。

しかしそれだけの高火力が必要となると、通常の人間に生成することはまず不可能であろう。

一体古の賢者はどうやってこれを生成したのだろうか。

「つまりはその〝想像もできぬほどの高温の炎〟とやらがあれば、わざわざ甲羅を運ばなくてもよいというわけだな？」

「うむ、もちろんじゃ。むしろたとえ運んでこられたとしても、それがなければヒヒイロカネを作ることはできぬ。まあそこが一番の問題点なわけじゃが……」

うーむ、と難しい顔をするナザリィさんに、しかし女子たちは揃って顔を見合わせ、頷いた。

「ならばまったく問題はありませんね」

「なぬ？」

「ああ、ドM女の言うとおりだぜ。何せ、あたしらの旦那は〝火〟の神さまにめっぽう愛されてるからな」

「そうね。むしろもうその化身のようなものだし」

「うん。イグザなら絶対ヒヒイロカネを作れるって信じてる」

「まあ当然だな」

そう言って皆が俺に期待の眼差しを向けてくれる。

「ああ、任せとけ！」

なので俺もぐっと拳を握り、力強くそう返したのだった。

とはいえ、問題は件のアダマンティアがどこにいるのかということである。

ナザリィさんの話だと、比較的暑い場所を好むというが、ここといった生息地のようなものはないらしい。

「ふむ、ならば以前イグザが海に落としたという火山島に行ってみるのはどうだろうか？　もしかしたらまだ近くにいるかもしれんからな」

「そうだな。どのみちいつかはきちんとイグニフェルさまにもお会いしようと思っていたし、俺もアルカの意見には賛成だ」

ただ……、と俺は女子たちを見やって言う。

「また変なやつの襲撃があっても困るからな。できれば何人かはここに残って皆を守ってほしいんだけど……」

鳳凰紋章で繋がっている今の彼女たちならば、たとえ再び淫魔の類が現れたとしても対応できるはずだからな。

と。

「そうですね。では皆さま、あとはよろしくお願いいたします」

さも当然のようにマグメルがそう言い出し、ほかの女子たちから半眼を向けられる。

「おい、ちょっと待て。何故お前がすでに行くことになっている？」

「ふふ、それはもちろん私より皆さまの方が対人戦闘能力に長けているからです。戦力の分散という意味でも妥当なのではないかと」

「ぐっ、もっともらしいことを……っ」

アルカが苦虫を嚙み潰したような顔をしていると、ティルナがすっと手を上げて言った。

「はい。わたしは海の中の探索ができる」

「「「――っ⁉」」」

これに目を丸くしたのはアルカにオフィール、そしてザナだった。

人数的に言うと、すでに半数に達してしまったからだ。

が。

「で、でもあれじゃないかしら？　こちらには治癒術を使える人がいないし、遠距離攻撃という観点から見てもマグメルと私が入れ替わるべきだと思うのだけれど？」

「――なっ⁉」

ザナが最後の抵抗を見せ、今度はマグメルがびくりと驚愕の表情を浮かべる。

確かに何かあった際、マグメルの治癒術は必要不可欠であろう。

となると……。

「――っ!?」

ふるふるふるふる、とマグメルが泣きそうな顔で首を横に振ってくる。

だが俺は彼女の肩にぽんっと手を置き、心底申し訳なさそうに言ったのだった。

「……ごめん、マグメル。ここには君の力が必要みたいだ……」

「……わかり、ました……」

その瞬間、ずーんっと肩を落とすマグメル。

なんというか、本当にごめんな……。

お詫びになるかはわからないけれど、あとで気の済むまでハグしてあげよう……。

と。

「私も遠距離攻撃ができるぞ！」「あたしも遠距離攻撃ができるぜ！」

「……」

いや、君たちはもう諦めようね？

《聖女パーティー》エルマ視点24：王さまがロリコンとかどん引きなんですけど……。

一応聖女としてベルクアのゼストガルド王に謁見することにしたあたしたちは、玉座の間で彼ら王族の前に跪いていたのだが、

「よくぞ参った、聖女エルマよ。我がこの国を治めているゼストガルドだ。そしてこっちは妻のリフィアと、娘のアイリス、デイジー、オリーブ、ミモザ、フリージ――」

いや、多い多い!?

どんだけ子沢山なのよ、この夫婦!?

てか、皆同じ顔じゃない!?

え、六つ子!?　と内心ぎょっと目を見開くあたしだったのだが、そこでふと違和感に気づき、王さまに尋ねる。

「あの、つかぬことをお伺いしますが、もしかして彼女たちは……？」

「うむ、さすがは聖女エルマ。どうやら気づいたようだな。察しのとおり、我が娘たちは皆〝弓〟の聖女である長女――ザナと同じ力を持っている」

「やはりそうでしたか」

って、まだ娘いるの⁉

え、王妃さまどう多く見積もっても二十代半ばくらいなんだけど、一体何歳の時に長女生んでんのよ⁉

この子たち十歳くらいでしょ⁉

つまりこんな厳つい顔して王さまはロリコンってこと⁉

やだぁ⁉

「これには少々事情があってな。まあ聖女であるそなたであれば話しても構わんとは思うのだが、彼女たちは皆ザナを元にして生まれた者たちなのだ」

「なるほど。だから皆さま同じ力を有しているのですね。得心いたしました」

いや、理知的な聖女を装って普通に頷いちゃったけどどういうことよ。

もしかして複製したとかそういうこと？

え、そんなことできるの？

ロリコン怖っ……⁉

「うむ、理解が早くて助かるぞ。見た目通り聡明な者のようだな」

「いえ、私などまだまだ未熟者でございます」

そう謙虚に頭を下げる聖女の鑑――それがこのあたしである。

まあ王さまが何言ってんのかは正直まったくわかんなかったんだけど、どうせあれでしょ？

ロリコンだから小さい子に囲まれたいとかそういうあれでしょ？

別にいいわよ、そんなことといちいち説明しなくとも。

王さまの性癖(せいへき)なんて知りたくもないし。

というわけで、あたしは早々に話を切り上げることにしたのだった。

「それにしても皆さまとても幸せなご様子。どうかこれからもその絆(きずな)を大切にお過ごしくださいませ」

「ああ、もちろんだ。そなたの心遣(こころづか)いに我ら一同、心よりの感謝を申し上げる。本当にありがとう、聖女エルマよ」

そうして城をあとにしたあたしは、道すがら隣の豚(ぶた)に尋ねてみる。

「ところでポルコはどのような女性がお好きなのですか？」

「えっ⁉　い、いきなりどうされたのです⁉（そわそわ）」

いや、何ちょっと期待したような顔してんのよ⁉

まさかあたしがあんたに気があるんじゃないかとか思ってるんじゃないでしょうね⁉

そんなわけないでしょ!?

ただのロリコン調査よ、調査!?

「い、いいえ、リフィアさまがとてもお美しい方でしたので、やはり殿方は皆さま若く美しい女性が好みなのかなと。むしろ若いほどいいのかなと。たとえばあの娘さま方のように」

「な、なるほど。確かにご息女さま方もお綺麗でしたが、私個人の意見として言わせてもらえれば——断然、リフィアさまですなっ」

豚が男らしい顔でそう断言する。

そうよね、あんたはそういう男よね。

だってリフィアさま——すんごいお胸大きかったもの。

まあでもよかったわ、あんたがロリコンじゃなくて、となんとも言えない安心感を覚えていたあたしだったのだが、

「——あ、でも聖女さまも全然守備範囲ですので安心してくださいね!」


……はっ?

いや、なんなのよその上から目線!?

ってていうか、そもそもあんたに選ぶ権利なんてあると思ってるわけ!?

分際を弁えなさいよね、分際を!?

甚だ図々しいったらありゃしないわ!?

「ふふ、それはありがとうございます」

「はい!」

ぐっと拳を握る豚に、あたしは微笑みを浮かべつつも、内心殺意しか湧いていなかったのだった。

「「「……」」」

ずーんっ、と三人揃って膝を抱えているアルカたちに嘆息しつつ、俺たちは火山島――マルグリドに向けて出発する。

幸い、二人であればスザクフォームが使えるので、高速で海を越え、空が茜色に染まる前にはマルグリドに到着することができていた。

これならばそこまで時間をかけずに里に戻ることができるだろう。

あんまり待たせると三人とも拗ねてしまいそうだからな。

一応あとでお土産も買っておこうと思う。

ともあれ、俺たちはそのまま神殿の入り口へと降り立つ。

「……イグザさま？」

すると、見覚えのある巫女装束の女性が驚いたようにこちらへと駆け寄ってきた。

――カヤさんだ。

「お久しぶりです、カヤさん」

「お、お久しぶりでございます……。でもどうしてこちらに……？　それにそのお姿は……」

困惑している様子のカヤさんを安心させるべく、俺は軽めの口調で言った。

「あはは、ちょっと色々ありまして。今は聖女である彼女たちとともに旅をしているんです」

「聖女さま方……？」

「ええ。私は〝弓〟の聖女――ザナよ。よろしくね、カヤさん」

「同じく〝拳〟の聖女――ティルナ。よろしく、カヤ」

「は、はい。私はこのマルグリドで巫女を務めております、カヤと申します。どうぞよろしくお願いいたします、聖女さま方」

恭しく頭を下げるカヤさんに、俺はさっそくここへ来た目的を告げる。

「それで俺たちがここに来た理由なんですけど、今一度ヒノカミさまにお会いできたらと思いまして」

「そうでしたか。今はここもヒノカミさまをお祀りするための神殿となっておりますので、とくに町長の許可を必要とはしておりません。ですのでどうぞ私についてきてくださいませ」

「はい、ありがとうございます」

そう微笑むカヤさんに、俺たちは揃って頭を下げたのだった。

◇

一方その頃。

ドワーフの里――ナザリィの工房では、ヘスペリオスの残した〝神器〟についての検証が行われていた。

「ふーむ……」

机の上に安置された〝杖〟の神器を、ナザリィと聖女一同がじっと見据えている。

「確か〝亜人種のために作られた聖具に勝る武器〟だと言っていたな。ならばこれを作ったのは亜人種……いや、ドワーフか？」

「いや、このような代物を作った記録など我らドワーフにはない。それどころか、たとえドワーフであろうともこれほどのものを作ることは不可能じゃ」

「それは〝稀代の天才〟と呼ばれるあなたでもですか？」

「まあ無理じゃろうな。こんなものが作れるとすれば、それこそこいつの名のとおり〝神〟くらいのものじゃろうて」

お手上げだとばかりにナザリィが肩を竦めていると、オフィールが物珍しげに神器を見やって言った。

「へえ、じゃあまんま神さまが作ったってことなんじゃゃねえのか？」

「そんな単純な……」

胡乱な瞳を向けるマグメルに、アルカディアが「いや」と神妙な顔で首を横に振る。

「まんざらそうとも言い切れんぞ。現に我らは創まりの女神をはじめとする六大神のうち、すでに四柱……いや、厳密には三柱と会っているのだ。彼女たちが実在する以上、その力を受けた武具類が存在していたとしてもなんらおかしくはないだろう」

「確かにそうですが……。しかしこのように禍々しい代物を、果たしてあの女神さま方がお作りになられるでしょうか？」

「つったって〝雷〟のやつは結構やべえ感じなんだろ？　だったらそいつが作ったんじゃねえのか？」

「まあ〝破壊〟を司っているのは事実だからな。その可能性も否めんだろう。それでこいつはどうするのだ？」

アルカディアの問いかけに、ナザリィは腕を組んで頭を悩ませる。

「問題はそこじゃ。こんな物騒な代物を里に置いておくわけにもいかんしのう。かと言って、わしにはこいつを破壊するだけの力はない。むしろおぬしは使わんのか？　同じ《無杖》のスキル持ちなのじゃろう？」

「あんな下劣な方と一緒にしないでください。それに私にはこの〝聖杖〟があるのですから、このような怪しい代物など必要ありません」

そう言って神器に聖杖を突きつけたマグメルだったのだが、

——ぶうんっ。

「「「えっ？」」」

その瞬間、聖杖が淡い輝きに包まれる。

「お、おい、こんなところで術技をぶっ放そうとするんじゃねえよ!?」

「そ、そんなことするはずないでしょう!?　こ、これは私の意志とは無関係です!?」

どうやらマグメルが何か魔力を込めている感じではなさそうだった。

では一体何が起こっているのか。

唖然とする一同の前で、聖杖はきらきらと光の粒子になっていく。

「わ、私の聖杖が……っ!?」

そしてマグメルの手を離れ、粒子は未だ机の上に安置されている神器のもとへと飛んでいったかと思うと、そのまま吸い込まれるように消えていった。

——ぶわあっ！

「「「──なっ⁉」」」

突如目映い輝きが神器から放たれ、堪らず一同は目を眇める。

そうして光が収まった後、彼女たちが目にしたのは、先ほどとは打って変わって神々しい輝きを放ちながら滞空している一本の杖だった。

「こ、これは……」

「まさか融合したというのか……⁉」

「いや、むしろ〝本来の姿に戻った〟とでも言うべきか……。聖杖を取り込んだことで禍々しさが完全に浄化されておる……」

「はは、よくわかんねえけど聖杖がパワーアップしたってことだろ？　ならラッキーじゃねえか。ほら、受けとってやれよ」

「は、はい……」

オフィールに言われ、マグメルは宙に浮いていた杖を恐る恐る両手で握る。

──きゅいんっ！

「──っ⁉」

その瞬間、杖から今までにない力の漲りを感じ、マグメルは大きく目を見開いた。

「こ、この力は……」

「ふむ、どうやら本当にパワーアップしたようじゃのう。まあ元々処分に困っていたものゆえ、おぬしが使ってくれるというのであれば万々歳(ばんばんざい)なのじゃが、さすがのわしもこの事態は想定外じゃわい」

「そ、そうですね……。私も驚いています……」

「だがこれで一つはっきりとしたことがある。神器があれば我らはさらなる力を得られるということだ。もちろんほかの神器があるかどうかはわからぬが、こうして〝杖〟の神器があったくらいだ。恐らくはほかの代物も存在するだろう。もしかしたらそれに連なる聖者どももな」

「はっ、だったら全員まとめてぶちのめしてやるぜ！」

　そう不敵に笑うオフィールだったが、ふと何かに気づいたらしい。

　彼女は「そういえばよ」とマグメルの杖を指差して言った。

「こいつの名前はどうすんだ？　聖杖に浄化された神器だろ？　つまり〝聖神器(せいじんぎ)〟ってか？」

「いや、それじゃと〝杖〟が抜けておるではないか。まあ総称で言うなればそれで構わんのじゃろうが、その杖バージョンゆえ――〝聖神杖(せいじんじょう)〟じゃな」

「聖神杖……」

　反芻(はんすう)するように呟(つぶや)き、マグメルは新たなる自身の杖――〝聖神杖〟にごくりと固唾(かたず)を呑(の)み込んでいたのだった。

「あらあら、うふふふ」

暗黒の空間に響くのは、〝盾〟の聖女——シヴァの笑い声だった。

「だから言ったじゃない。〝甘く見すぎない方がいい〟って」

急な呼び出しに何かと思えば、〝ヘスペリオスが討たれた〟と告げられ、自分の予想通りだったと笑いが堪えられなかったのである。

と。

「……いい加減そのやかましい口を閉じろ。八つ裂きにされてえのか？」

円卓の一角から鋭い視線が飛んでくる。

気性の荒そうな面構えをした三白眼の男性だ。

実力ではエリュシオンに次ぐと言われている〝拳〟の聖者——シャンガルラである。

月下ならば無敵の強さを誇るという〝人狼〟の亜人種だ。

「あら、ごめんなさい。お気に障ったかしら？」

「俺は〝口を閉じろ〟と言ったはずだぞ、女」

「……」

ぎろりっ、と本気の殺意を向けてくるシャンガルラに、さすがのシヴァも戯けてはいられなかったようで、言われたとおり口を噤む。

すると、聖者たちのリーダー格であるエリュシオンが「そこまでにしておけ」と仲裁に入ってきた。

「……けっ」

それで気が削がれたらしく、シャンガルラが視線を外す。

シヴァも肩を竦め、やれやれという顔をしていた。

「ヘスペリオスに関しては確かに我々の予想を大きく裏切る結果となったが、まあ大した問題でもあるまい。それだけやつらが成長していたということだ」

「あら、随分と楽観的なのね。でもいいの？　神器は彼らに奪われたままなのよ？」

「それも問題はない。〝いずれ戻ってくる〟からな」

「そう。ならいいのだけれど。じゃああの〝鳳凰紋章〟とかいう強化術についても静観の方向でいいのね？」

「無論だ。あれは単に己が力を〝内側〟から聖女どもに分け与えているというだけのこと。ゆえにヘスペリオスの干渉さえもはね除けた。が、〝分け与える〟ということは、すなわち〝力を分散させる〟ということにほかならぬ。貴様はそれを〝愛〟だなんだと言っていたが、その間、小僧本来の力は一方的に落ちる。なんとも浅はかで愚かな強化術だ」

「あら、そう？　それでも彼女たちを守りたいと思うからこその愛だと思うのだけれど？」

「くだらん。そうして非力な聖女どもを強化したとて、せいぜいが〝獣化〟前の我らに届くかどうかという程度にすぎん。所詮は無駄な足掻きだ」

「……」

淡々とそう断言するエリュシオンに、シヴァもそれ以上のことは言えず、再び口を噤む。

「さて、話を戻すが、ドワーフどもに関しては全てが終わったあとにでも片づけることにする。またいらぬ邪魔をされても面倒だからな」

「はっ、天下のエリュシオンさまもとうとう焼きが回ったか？　そんなんだから聖女どもに舐められるんだよ」

と。

「――口を慎め、シャンガルラ。エリュシオン殿にもお考えがあってのことだ」

「……あっ？」

この円卓でもっとも巨軀の聖者がそうシャンガルラを窘める。

〝ミノタウロス〟の亜人種であり、根っからの武人でもある〝斧〟の聖者——ボレイオスだ。

が、当然シャンガルラが素直に言うことを聞くはずもなく、ボレイオスに対して牙を剝き出しにする。

「てめえも腰抜けの仲間ってわけか？　ええ？　デカブツ」

「そういう貴様はもう少し冷静に物事を見通すべきだ。ヘスペリオスの二の舞になりたくはあるまい？」

「はっ、この俺がたかが人間如きに負けるわきゃねえだろ」

「そうした驕りゆえヘスペリオスは敗れた。たかが女と甘く見た結果だ」

「……ちっ」

苛立たしげに舌打ちしながら、シャンガルラが円卓に頰杖を突く。

どうやら舌戦ではボレイオスの方が一枚上手だったらしい。

話が一段落したことを確認したエリュシオンは、やはり淡々と告げたのだった。

「とにかく計画は次の段階に入った。お前たちは引き続き己が務めを果たせ。心配せずとも小僧がフルガの力を手に入れたら存分に戦わせてやる。何せ、あれはそのための〝器〟なのだからな」

「ここに女神さまがいるの？」

「ああ。凄い光景だろ？」

「そうね。さすがの私もちょっと足が竦んでいるわ」

カヤさんとともに新設された祭壇へと向かった俺たちは、揃って煮えたぎる火口を覗き見る。

以前はここで足を滑らせたことにより、ヒノカミさま……いや、イグニフェルさまから力を賜ることができたわけだが、あの一件がなければ俺はきっと彼女たちと出会うこともなかっただろう。

運命というのは本当に不思議なものだとつくづく思う。

「さて、じゃあさっそく会いに行こうと思うんだけど……これってもう一度飛び込まないとダメな感じかな……？」

「とりあえず呼んでみるのはどうかしら？　ものは試しだし」

「そうだな。わかった」

頷き、俺は遙か下方のマグマに向けて声を張り上げる。

「イグニフェルさまー！　聞こえていたらお返事をお願いしますー！　イグニフェルさまー！」

すると、後ろの方でカヤさんが小首を傾げながら言った。

「あの、〝イグニフェルさま〟というのはもしかして……？」

「ええ。ヒノカミさまのお名前です」

「やはりそうでしたか。これは後ほど島の皆さまにもお伝えせねばなりませんね」

ぐっと胸元で小さく両手を握るカヤさんに、俺が「是非そうしてください」と口元を和らげていると、

「――やれやれ、騒がしい人の子らだ」


「「「！」」」

ふいに女性の声が響き、周囲の炎が集まって人の形を成していく。

そうして虚空に姿を現したのは、怜悧な面持ちをした二十代半ばくらいの美女だった。

古の遊女然とした臙脂色の装束を大胆に着崩し、ともすれば上下ともに大事な部分が全部見えてしまいそうなほど扇情的な様相なのだが、本人は一切気にする素振りを見せず、優雅に右手の煙管から何かを吸い、炎のようなものをふうっと吐き出していた。

雰囲気的にはトゥルボーさまに近いが、不敵な笑みを浮かべている分、彼女よりも幾分か柔らかい印象を受ける。

どうやら彼女が〝火〟と〝再生〟を司る女神――イグニフェルさまのようだ。

「え、えっと、俺は……」

「存じておる。あの時、我が力を授けた子であろう？　随分と逞しくなったようで嬉しいぞ」

「あ、はい。その節は本当にお世話になりました」

ぺこり、と深く頭を下げる。

事実、彼女に会っていなければ今の俺はなかったのだ。

本当に感謝の言葉もないくらいである。

「気にすることはない。むしろ感謝をするのは我の方だ。よくテラを救ってくれたな」

「いえ、あれはイグニフェルさまのお力があってのことだったので」

「ふふ、そう謙遜するな。たとえ我が力の一端があろうとも、通常人の子が神を浄化することなどできはしない。あれはそなたの研鑽ゆえの奇跡だ。大いに誇るがよい」

「は、はい！　ありがとうございます！」

って、普通はできないことだったのか……。

もしここにアルカとマグメルがいたらめちゃくちゃ言われてただろうな……。

あの時もすげえ怒ってたし……。

「して、此度(こたび)は何用で我を呼び出した？　よもや挨拶(あいさつ)だけが目的ではあるまい」

「「……」」

どうしよう、普通にそれが目的だったんだけど……。

気まずそうに女子たちと顔を見合わせていると、イグニフェルさまは一瞬驚いたように目を丸くした後、「はっはっはっ！」と噴(ふ)き出したように笑って言った。

「まさか本当に挨拶目的だけで我を呼び出すとはな。なるほど、なかなか肝(きも)の据(す)わった人の子らだ」

うむ、愉快(ゆかい)愉快、とどこか嬉しそうに腕を組むイグニフェルさまにほっと胸を撫(な)で下ろしていた俺たちだったのだが、そこでふと思い出したことがあり、俺はそれを彼女に尋(たず)ねる。

「あの、一つだけお伺(うかが)いしたいのですが、俺の炎でヒヒイロカネを生み出すことは可能ですか？」

「ふむ、確かにそなたの焔(ほむら)はあの頃よりも数段猛々(たけだけ)しくなった。だが今のままでは不可能であろうな。あれは並大抵(なみたいてい)の焔でできるような代物(しろもの)ではない」

「そんな……」

「「イグザ……」」「イグザさま……」

じゃあどうすれば……、と唇(くちびる)を噛(か)み締める俺に、しかしイグニフェルさまはふっと口元に笑みを浮かべて言った。

「――何を嘆くことがある」

「えっ？」

「そなたの前に立つのは全ての焔を司る神ぞ。テラを救ってくれた礼だ。我と契ることを許してやろう」

「「「――なっ!?」」」「えっ？」

何故か女子たちの方が驚いている気がする中、俺は尋ねる。

「え、えっと、それってつまり……」

「そうだ。我を抱け」

「ええっ!?」

どういう流れでそんなお話になったの!?

いや、たぶん何か力の譲渡にそれが必要なんだろうけど!?

愕然と固まる俺に、イグニフェルさまは不敵に笑って言った。

「何を驚く。そこな二人とはすでに契ったのだろう？　気配でわかるぞ。ならば問題はあるまい」

「えっ!?　そ、そうなのですか!?」

言わずもがな、驚愕の表情で問い詰めてきたのはカヤさんだ。

だがそれも当然であろう。

何せ、俺は一度彼女のお誘いを断っているのだから。

「い、いや、これには色々と事情がありまして……」

「あら、別に隠すようなことでもないでしょう?」

「うん。だってわたしたち、イグザのお嫁さんだし」

ちょっ⁉

「い、イグザさま⁉　これは一体どういうことなのですか⁉」

「え、えっと……」

「ちなみにあと三人ほどいるわよ?　まあ私としてはこれ以上増えてほしくはないのだけれど、でもあなた割と大人しそうだし、私の邪魔をしないというのであれば妾にしてもらえばいいんじゃないかしら?　まあ正妻は私だけれどね」

「違う。正妻はわたし。でもわたしも妾にするのは別に構わないと思う。だってカヤもイグザのことが好きなんでしょ?」

ちょ、何言ってんのこの子たち⁉

とくにティルナはそんな根も葉もないことを――。

「……わかりました。ならば私も——今宵イグザさまに抱かれます！」

「ちょ、カヤさん!?」

「はっはっはっ！　そなたらは面白い子らだな！」

そしてあなたは一体何を笑ってんの!?

突っ込みの追いつかない怒濤の展開に、俺は一人慌てふためいていたのだった。

そうして女子たちが渋々祭壇を去った後、俺は「あ、あの……」とイグニフェルさまに尋ねる。

「ほ、本当にする気ですか……？」

「ふむ、当然であろう？　そなたはヒヒイロカネが欲しくはないのか？」

「いや、そりゃ欲しいですけど……。でもイグニフェルさまはそれでいいのかなって……」

俺がそう控えめに告げると、イグニフェルさまは鷹揚に笑って言った。

「はっはっはっ、そなたは優しき子だな。だが何も案ずることはない。確かに我にとってもはじめての経験ではあるが、元より我はそなたを気に入っておった。〝波長が合う〟とでも言えばわかりやすいか」

「え、そうなんですか?」

驚く俺に、イグニフェルさまは「応(おう)とも」と頷く。

「何故ならそなたは永く眠りについておった我をこのとおり目覚めさせたのだからな」

「目覚めさせた?」

「そうだ。我ら神は人の〝祈り〟や〝願い〟といったものを糧(かて)としておる。いわゆる〝信仰心〟と呼ばれるものだ。だが永(なが)い時の中でそれらは徐々(じょじょ)に薄れ、今や我らの力は全盛期の半分にも満たぬほどに衰退(すいたい)した。ゆえに我はこの焔の中でずっとまどろんでおったのだ。消えゆく定めであるのならばそれもまたやむなしとな。だがその胸元にただ一人飛び込んできたのがそなただ」

「いや、あれは……」

飛び込んだというか、滑って勝手に落ちたというか……。

「ふふ、どんな経緯(いきさつ)であれ、そなたは久しく忘れておった〝温(ぬく)もり〟というものを我に与えてくれた。それが無性(むしょう)に嬉しくてな。つい我は本来人に与えるべきではない力――〝完全再生(ヴァリエール)〟をそなたに与えてしまったというわけだ」

「そうだったんですね。まさかそんな事情があったとは……」

「うむ。しかも、だ。我が力を与えた瞬間、そなたのスキルと我のスキルが交じり合い、〝不死鳥〟という新たなスキルが誕生した。これを定めと言わずしてなんと言おうか」

確かにイグニフェルさまと出会ってから俺の力は加速度的に進化していった。

テラさまも相性がよかったのではないかと言っていたし、〝定め〟と言われればそうなのかもしれない。

それが巡り巡ってこうして今に至ってるわけだしな。

「その上、そなたは我ら神ですら手の出せなかったテラを救い、あの人間嫌いのトゥルボーをも説き伏せた。シヌスが力を与えるのも当然だ。意外に思うかもしれぬが、あれは存外頭の固い女でな。まず人の子に力を与えるなどということはせんのだ」

「な、なるほど……」

結構すんなり協力してくださったからそんな印象は全然受けなかったんだけど……。

「でもそれはたぶん俺が人魚であるティルナのお母さんを浄化したからだと思います。その、凄く感謝してくださっていたので」

「うむ。よき行いが報われるのは当然のこと。誠に天晴れなりぞ」

にっと不敵にその豊かな胸を張るイグニフェルさまに、俺がなんとも言えない清々しさを覚えていると、

「――よし、前置きはここまでにしよう！　ではこれより契りの儀を行う！」

ごうっ！　と豪快に彼女の衣服が燃え尽き、その美しい裸体が露になる。

が。

「ちょっ!?　なんでそんなに堂々としてるんですか!?」

腕を組みながら思いっきり仁王立ちしているイグニフェルさまの姿に、俺の方が逆に取り乱してしまう。

しかも。

「はっはっはっ、まあ落ち着くがよい。ほれ、このとおり寝床も用意してやったぞ」

「い、いやいやいやいや!?　そ、それより見えてます!?　大事なところががっつり見えてますから!?」

ぽんぽんといつの間にやら用意されていた布団を蹲踞姿勢で叩くイグニフェルさまに、俺は比喩抜きで両目が飛び出しそうになっていたのだった。

◇

ともあれ、それよりも俺が気になっていたのは、女神であるイグニフェルさまと人である俺が本当に契りを交わすことができるのかということだった。

しかしその疑問に、イグニフェルさまはどこか妖艶に笑いながら言った。

「ふふ、それは試してみればわかることだ……んっ、太い……」

ずにゅっと俺の一物がイグニフェルさまの蜜壺にゆっくりと吸い込まれていく。

契りの儀ゆえ前戯は必要ないとのことだったが、愛撫をせずとも彼女のそこはとろとろになっており、あっという間に俺の一物を呑み込んでしまった。

「ぐっ、熱い……」

そしてそのあまりの熱量に少々驚く。

だがそれは彼女も同じだったらしい。

「それは、んっ……こちらの台詞だ……。そなたのこれは、なんとも心地のよい熱を……あっ、我に与えてくれておる……。して、どうだ……？　しっかりとまぐわえておるであろう……？」

「は、はい……。その、なんと言うか、本当に普通の女性と変わらないです……」

「ふふ、当然だ……。そなたら人が……あっ……〝穢れ〟から生まれし魔物の……肉を、動物の肉が如く食らうように……んっ、我ら神もまた、肉体の構成物質が人と異なるだけのこと……」

「つまり身体の機能自体はそこまで変わらないと……？」

「そ、そうだ……。んっ……無論、子を宿すことはできぬが……あっ、ん……こうやって……契ることは……はぅ……でき……ああっ!?」

びくっと一際高い声で喘いだイグニフェルさまの扇情的な姿に、俺の中の〝雄〟の部分が強く刺激される。

「んああっ⁉　ちょ、ちょっと待っ……んんっ⁉　あ、はぁ……う、動くでな……いぃっ⁉　あああああああああああああああああっ⁉」

「うっ……」

がくがくと痙攣しながらイグニフェルさまが俺の上で果てる。

当然、俺も彼女の中にたっぷりと精を注ぎ込み、目的だった契りはこれで完了のはずだったのだが、

「……えっ？　ああっ⁉」

俺は再び腰を動かし始め、未だ余韻に浸っていた彼女にさらなる快楽を与える。

もちろんすでに目的は達しているため、

「ま、待て……ひあっ⁉　す、すでに契りは終えた、のだ……ふぅぅ……だ、だからあとは我よりも……あんっ♡　あ、あの巫女の……あ、相手を……んあああああっ⁉」

と、息も絶え絶えに言ってくださっていたのだが、それではあまりにも軽薄すぎるではないか。

ゆえに俺はいつもお嫁さんたちにしているように、全力でイグニフェルさまを気持ちよくするべく努めたのである。

その結果。

「ああっ♡　も、もっとだ……。もっと激しく我を責め立ててくれ……っ」

ばちゅんばちゅんっ、と淫猥な音を響かせながら、イグニフェルさまが蕩けた顔で俺に後ろから突かれ続ける。

強化されたからなのかはわからないが、どうやら俺の夜の王スキルは女神さまが相手でもその力を遺憾なく発揮しているようだった。

「イグニフェルさま、そろそろ……っ」

「あ、ああ、よいぞ……っ。わ、我ももう……あっ、はああああああああああああああああああああああああああああっ♡」

「ぐ、う……っ」

彼女の両腕を目一杯後ろに引き、俺は腰を一層奥へと突き入れて盛大に果てる。

さすがに少々精を注ぎすぎたせいか、ぐったりと横たわったイグニフェルさまの秘所からはごぽりと白濁液が溢れ出ていた。

「ああ、いかんな……。そなたが愛しくて堪らなくなっておる……。いやはや、これは困った……。神にあるまじき失態だ……」

そう言いつつも、ふふっと嬉しそうに俺を見やるイグニフェルさまに、思わず俺の鼓動がどきりと高鳴る。

するとイグニフェルさまが再び天を衝き始めた俺の下腹部を見やって言った。

「しかし不死の賜物とはいえ、元気な男の子だな、そなたは……。我の身体をそんなにも欲するか……」

「ええ。だってあなたはとても魅力的な女性ですから」

「！」

俺がそう笑いかけると、イグニフェルさまは珍しく恥ずかしそうに身体を隠して言った。

「……むぅ、そなたとおるとなんだ……自分が神である前に女であったということを嫌でも自覚させられる気がするぞ……。このような羞恥心など疾うに忘れておったというに……」

「はは、なんだかすみません」

「いや、別段謝るようなことではない……。その、我も今はなんとも言えぬ多幸感に満ちておるからな……。正直、このままそなたを帰したくないとすら思っておるくらいだ……。しかしあの巫女には多少なりとも恩義があるゆえ、今宵はここで引くとしよう……。我のことはもうよい……。早くあの娘のところに行ってやれ……」

ふっと優しく微笑むイグニフェルさまの意を汲み、俺も「わかりました」と腰を上げようとしたのだが、

「あっ……」

「？」

そこでふとイグニフェルさまが俺を呼び止めたような気がして、俺は彼女の方を見やる。

すると、イグニフェルさまは恥ずかしそうに視線を逸らしながらこう言った。

「そ、その、こういう時は最後に口づけを交わしてから去るものではないのか……？」

「！」

その少々寂しげかつ期待したような表情に、俺はごくりと生唾を呑み込む。

なんというのだろうか。

先ほどまでの豪快な感じから一転して少女のような雰囲気になったイグニフェルさまが、とにかく可愛く見えてしまったのだ。

ゆえに。

「……んっ……んんっ!?　ま、待て!?　わ、我はそのようなつもりでは……ああっ!?　そ、そんな一気に奥まで……あっ、あああああああああああああああっっ♡」

俺は再び彼女を押し倒してしまったのだった。

　ロリコン王の国……もとい軍事都市ベルクアから国境線を越え、南の大国――ラストールへと渡ったあたしたちは、今まさに暇を持て余していた。

　というのも、ベルクアと同じくここでも住民たちがいきなり健康になるという謎の現象が起こっていた上、何故か付近の魔物たちが一斉に消え去ってしまったからだ。

　おかげで聖女としての役割を果たせるような事案は何も残っておらず、あたしたちは普通に観光を満喫していたのである。

「しかしどうしていきなりこのようなことが起きたのでしょうな？　まあ皆さま幸せそうにしていらっしゃるので喜ばしい限りではあるのですが……」

　――もぐもぐ。

「そうですね。私もこうして穏やかな時間を過ごせることをとても嬉しく思います。聖女に頼る必要がないということは、それだけ世界が平和であるということなのですから」

「確かに。ですが些か寂しくもありますな……」

——もぐもぐ。

「……」

いや、そう思ってんなら口を動かすのやめなさいよね!?

何しんみりと惣菜パンを堪能してんのよ!?

てか、あたしが必死に我慢している横でばんばん買い食いすんのやめてくんない!?

こっちは清純派の聖女なのよ!?

そんなはしたない真似できないの知ってるでしょうが!?

むしろ「一緒にそこのベンチで食べませんか?」とか率先して言い出しなさいよね!?

そうあたしが内心ぎりぎりと歯噛みしていると、その思いが通じたのか、豚が前方を指差して言った。

「あ、聖女さま。よろしければあそこのベンチに座りませんか?」

「ええ、構いませんよ」

にこり、と慈愛の微笑みで頷く。

え、もしかして顔に出てた!?

いいえ、そんなことあるはずないわ!

だってあたしの聖女ムーブは完璧だったもの!

こんな豚如きに見抜かれてたまるものですか!

だからきっとあれよ、あれ！

やっとこさあたしにも惣菜パンを渡してくれる気になったんじゃないの？

まあそれなら別にいいんだけど……、と嘆息しつつ、あたしは豚とともにベンチに座る。

「……ふう。やはり大きな町だとちょっと見て回るのも一苦労ですな」

「そうですね。なので無理せず回りましょうか」

「はい、わかりました」

「……」

「……」

え、それで終わり!?

あたしのパンは!?　と内心ぎょっと目を見開くあたしだったが、

――ちらっ。

「？」

そこでふと豚があたしをちらちら見ていることに気がつく。

はっはーん。

もしかしてあれね？

本当は今すぐにでも声をかけたくてたまらないのだけれど、女神なあたしの美しすぎる横顔に見惚れてそれが憚られちゃったってわけね？

やだもう、それならそうと早く言いなさいよ。

本当に仕方のない豚ね。

いいわ、なら今回は特別にあたしの方から促してあげる。

「ふふ、どうしました？　私の顔に何か？」

「い、いえ、その……」

もじもじと豚が顔を紅潮させる。

しばらくそうしていたかと思うと、ついに意を決したらしく、豚はこう言ってきた。


「な、なんだかこうしていると、まるで恋人同士みたいですな……」


……はっ？

え、ごめん、ちょっとよく聞こえなかったからもう一回言って。

あ、やっぱなんも言わないで。

あたし今、究極奥義的な技の〝溜め〟に入ってる最中だから。

「ふふ、そう見られていたら嬉しいですね」

「はい、光栄です！」

そう満面の笑みを見せる豚に、あたしは全能力を解放する五秒前くらいなのであった。

73章　契りの後

そんなこんなでイグニフェルさまをがっつりと満足させてあげた俺は、一度湯浴(ゆあ)みをして汗(あせ)を流した後、カヤさんの待つお屋敷の寝室へと大至急向かう。

少々遅くはなってしまったものの、カヤさんは「お勤めご苦労さまです」と微笑(ほほえ)みながら俺を迎え入れてくれた。

あの時と同じ白装束(しろしょうぞく)に身を包んで、だ。

もちろん以前同様、本当に好きな人とした方がいいのではないかと再三にわたって説得したのだが、「私(わたくし)がお慕(した)いしているのはほかでもないあなたさまだけです！」と懇願(こんがん)するような表情で言われてしまい、ならばもう責任を取るしかないと腹を括(くく)ったのである。

ただ神であるイグニフェルさまより先に抱くのは色々と問題があったので、そこだけはこうして理解してもらったというわけだ。

しかしティルナはまだしも、独占欲の強さが人一倍なザナがこの件を受け入れてくれるとは思わなかった。

曰く、「だってどのみちあと二人は確実に増えるのでしょう？　だったら二人も三人も大して変わらないわ」とのことだ。

その二人というのは恐らく残りの聖女たちのことだとは思うのだが、どう考えても〝剣〟の方が俺のお嫁さんになる可能性はゼロだと思う……。

だってあのエルマだし……。

「その、本当に俺でいいんですね？」

ともあれ、俺は最後にもう一度だけカヤさんに尋ねる。

すると、彼女は「はい」と即座に頷き、微笑みながらこう言ってくれた。

「私がお慕いしているのはこの世でただ一人——イグザさまだけですから」

「……わかりました。ならあなたのことは必ず俺が幸せにしてみせます」

そう頷いた後、俺は「ただ……」と頬を掻きながら言った。

「ザナの言っていたとおり、俺にはほかにも五人のお嫁さんがいるので、至らないところは多々あると思いますが……」

「ふふ、構いません。こうしてあなたさまのお側にいられるだけで、私は何よりも幸せなのですから」

ぎゅっとカヤさんが俺の胸元にしな垂れかかってくる。

「カヤさん……」

その瞬間、ふわりと甘い香りが俺の鼻腔をくすぐり、無意識に彼女を優しく抱き締めてしまった。

「イグザさま……」

すると、カヤさんが熱っぽい顔で俺の名を呼ぶ。

なんて可愛いのだろうか。

「……んっ……ちゅっ……」

そう思った時にはすでに彼女の唇を奪っていた。

「んちゅ……れろ……ちゅう……」

ほんのりと甘みを帯びた唾液が舌先に絡む中、俺たちは激しいキスで互いを求め合う。

普段お淑やかなカヤさんからは想像できないほど情熱的なキスだった。

「あっ……」

もう我慢できないとばかりに彼女をベッドに押し倒した俺は、乱れた白装束からこぼれ落ちたそのほどよいサイズの乳房へと右手を伸ばす。

「あっ……や……」

キスだけで感じてしまったのか、それともずっとそうだったのかはわからないが、すでに彼女の乳首はぷくりと屹立済みだった。

「ああっ!?　イグザさま!?」

ならばとそれにむしゃぶりついた瞬間、カヤさんの身体が弓なりに反る。

「はあっ……ん、あっ⁉　そんな激しく……ああっ⁉」

そして快楽に悶えるカヤさんの艶めかしい姿に、俺の情欲も一層刺激され、

「や、ダメぇ⁉　そ、そのような不浄な場所……ああああああああああっ⁉」

気づけば俺はぐっしょりと濡れそぼった彼女の下腹部へと深く顔を埋めていた。

「い、イグザさま⁉　そ、そこは本当にダメ……あっ、んんっ⁉　あんっ……だ、ダメなのに……あ、そこ……気持ち、いい……っ」

びくびくとカヤさんの身体が小刻みに痙攣する中、俺は泉の如く溢れてくる愛蜜の奥底に潜むもっとも敏感な突起を舌で刺激し続ける。

「あああああああああああああああああああああああああっっ⁉」

すると、カヤさんはあっという間に達してしまった。

「はあ、はあ……」

本当はもう少し愛撫を続けていたかったのだが、彼女は聖女たちとは違って普通の女性だからな。

あんまり無理はさせられないし、それにこれだけ濡れていればもう十分だろう。

「あっ……」

すでに虚ろな瞳のカヤさんの前に、俺ははち切れんばかりに怒張した己が一物を晒す。

「！」

するとこ驚いたことに、カヤさんは自ら両足を開き、てらりと濡れた秘所を見せつけるように指で広げながら言った。

「……来て、ください……」

「……っ」

その官能的な姿に堪らずごくりと喉が鳴る。

「……いいんですね？」

「はい……。私を、あなたさまだけの女にしてください……」

「……わかりました」

そう静かに頷いた俺は、痛みを感じるほどに猛りきった一物に愛蜜を絡めるため、くちゅくちゅと彼女の秘所にこれを擦りつける。

そしてカヤさんがびくびくと身悶えする中、蜜壺の入り口に狙いをつけた俺は、

「ん、あっ……」

「ああっ!?　イグザさまぁ!?」

ずちゅり、と一気に腰を落とし込んだのだった。

◇

「んっ……あっ、んんっ……あ、んんんんっ♡」

カヤさんはとにかくキスを求めてきた。

前からしている時も、後ろからしている時も、下からしている時も、彼女は必ずキスを俺にせがんできたのである。

だから俺もその要望に応え、ずっと彼女と口づけを交わしながら腰を動かし続けていた。

やはり口も一つの性感帯ということなのだろうか。

不思議とそうしていた方が俺の情欲も一層掻き立てられる気がして、俺たちは本当に獣のように愛し合った。

「ああっ♡　イグザさま♡　イグザさまぁ♡」

「ぐっ、カヤさん……っ」

そうして幾度となく互いに果て続けた俺たちは、ついに今宵最後の絶頂を迎えようとしていたのだが、

「嫌っ!?　呼び捨てで、呼び捨てで呼んでぇ!?」

カヤさんが急にそんなことを言い出し、一瞬戸惑いはしたものの、俺は勢いのまま彼女の名を口にする。

「カヤ……っ。いくぞ、カヤ……っ」

「出してぇ!?　カヤの中にいっぱい出してぇ!?　あ、あああああああああああっ♡」

ぎゅっとカヤさんが四肢を使って俺にしがみついてくる中、俺は彼女のもっとも深い場所に
これでもかと大量の精を注ぎ込む。

「う、ぐっ……」

だがさすがに《完全強化》で増量した精を幾度も解き放てば受け止めきれないのは当然のことで、白濁液がぶちゅりと蜜壺の隙間から溢れ出てくる。

するとカヤさんがびくびくと身体を震わせながら、至極幸せそうに言った。

「ああ、凄い……。私の中がイグザさまで満たされて……溢れ、て……好き……イグザ……さ、ま……」

くたり、とそこで意識を失ってしまったカヤさんだったが、その瞬間、彼女の下腹部にじゅわりと鳳凰紋章が刻まれる。

彼女と同じくらい精を注ぎ込んだイグニフェルさまには刻まれなかったのだが、やはりそれは彼女が女神さまだからだろうか。

それとも俺のお嫁さんではないからなのか……。

どちらにせよ、それを考えるのはあとにしよう。

だって今俺の目の前には、可愛らしく眠っている素敵なお嫁さんがいるのだから。

◇

と、まあそんな感じでカヤさんが六人目のお嫁さんになり、そしてイグニフェルさまとの契(ちぎ)りを終えたことで俺の力はさらなる進化を遂(と)げた。

冗談でもイグニフェルさまが「これからはそなたが火の神を名乗ればよいのではないか？」と言ってきたくらいなので、相当パワーアップしているのだろう。

しかも鳳凰紋章(フェニックスシール)を通じてほかの聖女たちにも新たな武技(ぶぎ)と術技(じゅつぎ)が習得されているといい、まさに至(いた)れり尽くせりであった。

当然、こんなにもいいこと尽くめで本当にいいのだろうかという感じだったのだが、「それだけそなたたちが苦難に立ち向かってきたということだ。大いに報(むく)われるがよい」とイグニフェルさまに言ってもらい、とても救われた気持ちになった。

ならばこの力を存分(ぞんぶん)に活(い)かそう。

そう考えた俺たちは、当初の目的であったアダマンティアの行方(ゆくえ)について、カヤさんから重要な情報を聞いていた。

なんと未(いま)だにこの近海をうろうろしている姿が漁師たちによって目撃されているというのだ。

というわけで、さっそくティルナに海中の探索を依頼した俺たちは、小舟に揺られながら彼女の帰りを待っていたのだが、

「ところでカヤさんは〝現地妻〟ということになるのかしら？」

「いきなりどうした……」

ふいにザナがそんなことを言い出し、俺は彼女に半眼を向ける。

すると、ザナは肩を竦めながら言った。

「だってそうでしょう？　この先どんな危険が待っているかもわからない以上、聖女ではない彼女を同行させるわけにはいかないもの」

「まあ、そりゃそうだけど……」

「ならやっぱり現地妻じゃない」

「いや、でも〝現地妻〟って……」

なんか浮気してる感が……。

「別に悪い意味で言っているわけじゃないわ。私が言いたいのは〝誰かが待っていてくれるというのは意外と大きな力になる〟ということよ」

「……なるほど。それは確かに君の言うとおりだと思う」

本気かどうかはわからないけれど、アイリスをお嫁さんにするという約束もしているからな。テラさまも〝愛に溢れる大家族を作ってほしい〟と言っていたし、早く皆で平和に暮らせるよう全力で頑張らないと。

そうザナの言葉を真摯に噛み締めていた俺だったのだが、

「うん？」

そんな俺に、ふとザナが甘えるように寄り添いながら言った。

「ねえ、キスして」

「えっ？」

「だって昨日はあなたと一緒にいられなくてとても寂しかったんだもの。それくらいしてくれてもいいでしょ？　ねっ？」

「ま、まあ……うん」

「嬉しい。じゃあ……んっ……ちゅっ……」

ザナの要望に従い、俺は彼女と唇を重ねる。

舌こそ入れてこなかったものの、ザナは俺にぎゅっと抱きついてきており、俺もその華奢な身体を優しく抱き締めながらキスしていたのだが、

「――見つけた。かなり深いところで甲羅に……って、何してるの？」

「うおっ!?　てぃ、ティルナ!?」

タイミングを見計らったかのようにぷかりとティルナが海面から顔を覗かせ、堪らずびくりと肩を震わせる。

　すると、ザナがふふっと蠱惑的に笑って言った。

「あら、ごめんなさいね。本当は宿に戻るまで待ってもらうつもりだったのだけれど、彼ったら我慢できなかったみたいで」

「えっ⁉」

　そ、そうだったっけ⁉

「ふーん。じゃあどうぞごゆっくり」

　――ちゃぷんっ。

「ちょっ⁉　ご、誤解だ、ティルナー⁉」

　そう海に向かって手を伸ばすも、ティルナはしばらくの間、戻ってはこなかったのだった。

◇

　と、そんなハプニングがありつつも、俺たちは当初の目的を達成するべく、やつを海面へと引きずり出す作戦に打って出る。

　いくら炎が強化されたとはいえ、さすがに海中でヒヒイロカネを作ることは不可能だからな。

　だったら空にぶっ飛ばしてやろうということになったのである。

「じゃあ悪いけど頼めるか？　少しだけ浮かしてくれたらあとは俺がなんとかするからさ」

「うん、任せて。わたしが絶対にアダマンティアを連れてくるから」

「ああ、頼んだ」

そう頷き、俺はティルナの頭を撫でる。

すると、彼女は嬉しそうに口元を綻ばせた後、ちゃぷりと海の底へ潜っていった。

なので俺もスザクフォームに変身し、ティルナからの合図を待つ。

「ねえ、イグザ」

「うん？　どうした？」

そんな中、またもやザナがこんなことを口にしてきた。

「私も頭を撫でられるととってもやる気が出るのだけれど」

「えっ？　い、いや、でもさっきキスした気が……」

「そうね。でもそのお話はこの際置いておきましょう」

置いておかれてしまった……。

「それとも嫌……？　私の頭は撫でたくない……？」

「うっ……」

その表情と問いは正直卑怯だと思う。

なので俺は小さく嘆息した後、しょうがないなと口元を和らげつつ、ザナの頭も優しく撫でてやる。

「ふふ、ありがとう。とても気持ちがいいわ」

ティルナ同様、彼女も嬉しそうに頬を赤く染めていた。

まあ喜んでくれたのなら何よりである。

と。


――どぱああああああああああああああああんっ！


「「！」」

「キギャアアアアアアアアアアアアアアアアッ!?」

突如海面から巨大な亀が飛び出してくる。

――アダマンティアだ。

「はああああああああああああああっ！」

もちろんやつの腹部に渾身の正拳突きを叩き込んでいるのはティルナである。

恐らくはシヌスさまにいただいた最高位の武技を使用しているのだろう。

「イグザ！」

「おう！」

ザナの呼びかけに大きく頷いた俺は、全速力を以てティルナのもとへと飛ぶ。

そして。

「――〝原初滅却の焔(プロメテウスエクスキューション)〟ッッ!!」

――どばああああああああああああああああああああああああああんっっ!!

虚空(こくう)にもう一つの太陽が現れたのだった。

74章　巫女さんはヤンデレ？

時は少々遡（さかのぼ）り、昨夜のこと。

ドワーフの里に残ったアルカディアたちにとある変化が起こっていた。

「な、なんじゃ!?　何故（なぜ）おぬしら揃（そろ）って腹が光っておる!?」

そう、ナザリィの言ったように突如（とつじょ）聖女たち三人の下腹部――つまりは〝鳳凰紋章（フェニックスシール）〟がほのかに輝き始めたのだ。

「これは……」

当然、アルカディアたちも理由がわからず唖然（あぜん）としていたのだが、

「……なるほど。どうやらイグザたちは無事イグニフェルさまに会えたようだな」

「ええ、そのようですね。そしてさらなるお力を賜（たまわ）ったご様子」

「へへ、こいつはすげえや。まさかその場にいねえあたしたちにまで恩恵があるとはな」

「むむ……」

感覚的に状況を理解したようで、三人揃って頷（うなず）いていた。

が、それはもちろん聖女たち三人に限った話である。

一人だけ蚊帳の外だったナザリィは、少々不満そうに言った。

「なんじゃ、おぬしらだけで盛り上がりおって。わしにもわかるよう説明せんか」

「ああ、すまん。どうやらイグザが火の女神から新たな力を授かったようでな。我らに刻まれている鳳凰紋章を通じて力が流れ込んできているのだ」

「なぬっ!?　そんなことが可能なのか!?」

――がばっ！

「きゃあっ!?　い、いきなり何をなさるんですか!?」

突如スカートを捲り上げてきたナザリィに、マグメルが真っ赤な顔で声を荒らげる。

すると、ナザリィはスカートの中に顔を突っ込んだまま興奮気味に言った。

「そんなもん決まっておるじゃろう!?　その鳳凰紋章とやらがどういう原理でそうなっておるのかを調べておるのじゃ！　というか、なんじゃこの下品な下着は!?　お、おぬしまさか痴女なのか!?　いや、痴女なんじゃな!?」

「わ、私のことはいいですから、早くそこから出てください!?　というより、何故わざわざ私のスカートをめくる必要があるんですか!?　すでに見えているオフィールさまのを観察すればいいでしょう!?」

「……むっ？　まあ確かに言われてみればそれもそうじゃな。すまんすまん、ついドワーフの血が騒いでのう」

これは失敬、と反省気味に顔を覗かせたナザリィに、マグメルが「もう！」と頬を膨らませる。

「ではちょいと拝見させてもらうぞい」

「おう」

——ずるっ。

「ちょっとー!?」

そしてさも当然のようにオフィールのパンツをずり下げたナザリィに、マグメルは渾身の突っ込みを入れたのだった。

◇

「じゃあお世話になりました」

揃って頭を下げる俺たち（というか、むしろ俺）に、カヤさんが寂しそうな表情を見せてくる。

「あの、次はいつお会いできますか……？」

「え、えっと、とりあえずこれからこのヒヒイロカネを里に届けて、雷の女神さまにも会いに行かないといけないので、もし会えるとしたらそのあとかなと……」

「……わかりました。ではまた必ず会いに来てくださいましね？　カヤはいつまでもイグザさまのことをお待ちしておりますので」

「も、もちろんです！　絶対に会いに来ますから！」

ぐっと拳を握る俺に、カヤさんはやはり寂しそうではあったものの、「……はいっ」と微笑んでくれた。

そうしてマルグリドを出立した俺たちだったのだが、

「——あの子、ちゃんと定期的に会ってあげないとダメよ？」

「えっ？」

ふいにザナがそんなことを言い出し、俺は一瞬呆ける。

ザナにしては珍しいなと不思議に思っていると、ティルナも彼女の意見に同意してきた。

「わたしもそう思う。じゃないとたぶん——殺される」

「ええっ!?」

殺される!?　と困惑する俺に、ザナが嘆息して言った。

「そうね。ああいう大人しい子って割と溜め込むタイプが多いでしょう？　しかもそういう子に限って独占欲が異常に強かったりするから、そのうち爆発してぷすって」

　そのうち爆発してぷすっ!?

「いや、だからって殺すことはないだろ!?」

　まあ俺不死身(ふじみ)なんだけど!?

「うん、それはわたしも言いすぎた。ごめんなさい。でもきっとカヤはとても寂しがり屋。だからあまり悲しい思いをさせるのは可哀想(かわいそう)」

「そうね。鳳凰紋章(フェニックスシール)で温(ぬく)もりを感じられるとはいえ、やっぱり実際に会えるのとは違うもの」

「……そうだな。わかったよ。イグニフェルさまのおかげでさらに速いスピードで飛べるようにもなったし、暇(ひま)を見つけてはカヤさんに会いに行こうと思う」

「ええ、それがいいと思うわ。まあそれ以上に私に構ってくれないと困るのだけれど」

「うん。カヤだけ特別扱いはダメ」

「お、おう、わかった。ならまああれだ。皆まとめて全力で構ってやるさ。何せ、体力だけは無限にあるからな」

　俺がそう歯を見せて笑いかけると、二人はとても嬉(うれ)しそうに顔を綻(ほころ)ばせていたのだった。

「「「聖神杖!?」」」

ヒヒイロカネを手に里へと戻ってきた俺たちに告げられたのは、まさかの事実だった。

なんとマグメルの持つ〝聖杖〟とヘスペリオスの〝神器〟が融合し、〝聖神杖〟へと進化を遂げたというのだ。

もちろんあの禍々しい神器を扱うなど到底容認できないと揃って危機感を募らせていた俺たちだったのだが、いざ目にした聖神杖は聖杖以上の神々しさを放っており、思わず言葉を失ってしまった。

「一応皆さまにも見守られる形で術技を使用してはみたのですが、呪詛などの不安要素もとくには見当たらず、むしろ大幅な威力の向上が確認できまして……。ですので恐らくは見た目通りの聖なる杖として再誕したのではないかと……」

「……なるほど。ナザリィさん的にも同じ見解なのかな？」

俺の問いに、ナザリィさんは「うんむ」と大きく頷いて言った。

「わしの方でも色々と調べてはみたのじゃが、マグメルの言うとおりそいつに〝穢れ〟は一切存在せん。むしろそれに対抗する側――つまりは〝聖具〟と同じ類のものじゃと考えておる」

「じゃあ本当にパワーアップしただけなのね？」

「うむ、そういうことになるのう。というより、せっかく神に会いに行ったのじゃ。何故そのイグニフェルとやらに神器について尋ねなかったのかえ？」

「そ、それは……」

正直、それ以上に衝撃的なことがあって忘れてました……。

いや、だっていきなり契り的な話になっちゃったし……。

気まずそうに視線を逸らす俺たちに、ナザリィさんも色々と察したようで、やれやれと嘆息して言った。

「まあよいわ。どうせこのあと雷の女神とやらのもとへ行くのじゃろう？　ならばそやつに直接問い質せばよかろうて。それより例の代物は手に入れられたんじゃろうな？」

「はい、もちろんです」

頷き、俺は緋色に輝く金属塊をごとりと机の上に置く。

それはまるで燃え盛る炎が内部で蠢いているかのようにも見える神秘的な輝きの金属だった。

当然、その物珍しさに待機組だった女子たちも目を丸くする。

「ほう、これが噂のヒヒイロカネというやつか。なんとも面妖な金属だな」

「そうですね。この金属塊から私たちの聖具……いえ、私の場合は聖神器になるのですが、それができていると思うと不思議な感じです」

「つーか、聖具はわかるんだけどよ、神器だかはこのヒヒイロなんちゃらでできてんのか？」

「べ、別にいいじゃないですかそこは!?　一つになってしまったからややこしいんですぅ!?」

ムキになって反論するマグメルを、ティルナが「落ち着いて、マグメル」と宥める。

すると、ザナがナザリィさんを見やって言った。

「それでこうしてヒヒイロカネを手に入れてきたわけだけれど、これでイグザの力に耐えられる武器が作れるのよね？」

「もちろんじゃ。すでに構想は練っておる。ただしこいつの加工にはやはり超火力が必要じゃて、おぬしには存分に付き合ってもらうがのう」

そう不敵な笑みを浮かべるナザリィさんに、俺もまた「もちろんです」と笑顔で頷いたのだった。

まあそれはそれとして、だ。
ヒヒイロカネを加工するための準備中、俺は意を決してカヤさんのことをアルカたちにも伝

えた。

てっきり反対してくるかと思ったのだが、三人の反応は意外なものだった。

「まあ、もうこの際仕方あるまい。増やしたいだけ増やすがいい」

「そうですね。〝英雄、色を好む〟とも言いますし」

「おう、その方が男らしくていいんじゃねえか？」

「皆……」

というように、それぞれが理解を示してくれて、俺もありがたいなと温かい気持ちになっていたのだが、

「まあ私を一番に愛することが条件だがな」

「ええ、私を一番に想ってくださるのでしたら構いません」

「おう、あたしを一番可愛がらねえとタダじゃおかねえからな」

ごごごごごっ、と三人揃って〝圧〟をかけられてしまい、「で、ですよね……」と顔を引き攣らせていたのだった。

まああれだ……。

頑張れ、俺……。

と。

「さて、おぬしらに少々提案があるのじゃが聞いてくれるか？」

「……提案？」

俺たちが揃って小首を傾げる中、ナザリィさんは頷いて言った。

「うむ。装備というのは攻守が揃ってはじめて効力を発揮するものじゃ。おぬしらの武器は特別製ゆえ、取り立てて言うこともないのじゃが、防具に関しては明らかに力不足に思えてのう。これを機にそちら側にも手を加えてみるのはどうじゃろうか思ってな」

「ほう、それは願ってもないことだな」

「そうね。ただ今の装備は王家の紋章とかも入ってるから、できれば似たような感じに仕上げてもらいたいのだけれど、色々と要望は聞いてもらえるのかしら？」

「もちろんじゃ。おぬしらのもっとも望む形に仕上げてやるから安心せい」

そう頷くナザリィさんの言葉に、女子たちのテンションも上がる。

「でしたら今度はもう少しイグザさまが脱がせやすい感じに……。いえ、それだと少々はしたない気も……」

「おめえ、マジでイグザとヤることしか考えてねえのな……」

「し、失礼なことを仰らないでください!?　私は〝機能性〟を重視しているんですう!?」

「へいへい。まあドＭ女が通常運転なのはいいとしてだ。あたしはとにかく動きやすいやつにしてくれ。あとはこうド派手なやつだと最高だぜ」

「わたしはイグザが〝可愛い〟って言ってくれるならなんでもいい」

などなど、すでに色々と考えているようだった。

まあティルナは何を着ても可愛いと思うけどな。

今の装備だって凄く可愛いし。

ともあれ、ナザリィさんもやる気満々のようで、ずびっと女子たちを指差して声を張り上げたのだった。

「よし、ならば今すぐ全員服を脱げ！　さっそく採寸じゃ！」

大勢の人の前ということもあり、豚の処刑をすんでのところで踏み留まったあたしは、気を取り直してラストールからさらに南へ向けて旅を続け、港町イトルへと辿り着いていた。

トゥルボーさまの話にあった水の女神――シヌスさまのいる海域に一番近い町がここなので、何か情報はないものかと色々聞き込みを行ってみたところ、なんでもこの町には〝人魚〟の伝説があるらしい。

ちなみに〝人魚〟というのは、上半身が人間で下半身が魚の亜人種だというが、マーマンと何が違うのかはよくわからなかった。

でもあたし的にはその人魚が怪しいと睨んでいる。

だって水の女神さまがいるっていう海域近くの町にそんな伝説が残っているんだもの。

そりゃ関係ないはずがないに決まってるわ！

というわけで、さっそくその人魚とやらを探そうとしたのだが、

「――人魚の住処ですか？　そりゃ海の中でしょうな！」

ＨＡＨＡＨＡＨＡＨＡ！　と戯けたように笑う男性を処刑予定リストに加えつつ、あたしは豚と合流する。

「どうです？　何か情報はありましたか？」

「ええ、二つほど気になるお話を聞くことができました。まず一つ目はこの町の漁師が昔、人魚の女性と恋に落ちたというもので、もう一つが別の聖女さま方が海の神さまをお鎮めになったというお話です」

「別の聖女……？」

え、何それどういうこと!?

もしかして馬鹿イグザたちもシヌスさまに会いに来たってこと!?

いや、テラさまに続いてトゥルボーさまにも会ってるみたいだし、別の女神さまのところを訪れていたとしてもなんらおかしくはないんだけど……。

でもちょっと欲張りすぎじゃない!?

どんだけ神の力が欲しいのよ、あいつ!?

ぐぬぬぬぬ……っ、と唇を噛み締めるあたしだったが、正直そんなことをしている場合ではない。

これ以上馬鹿イグザに差をつけられてたまるもんですか！

「わかりました。では二つ目のお話の方を詳しく伺いに参りましょう」

そう頷き、あたしたちは豚が話を聞いたという漁師のもとへと急ぎ向かったのだった。

そうしてあたしたちは年配の漁師から詳しい話を聞き、ダメもとで彼が海の神さまとやらを目撃したという海域へと小舟を借りて向かってみたのだが、そこでまさかのアクシデントが起こってしまった。

「――はわあっ⁉」

――ざっぱーんっ！


「ちょっ⁉」

なんと体勢を崩した豚が海に転落してしまったのである。

「た、助けてください聖女さまあああああっ⁉」

しかも泳げなかったらしく、豚は必死に助けを求めていた。

「ま、待ってください!?　い、今助けますから!?」

いくら豚が抹殺対象とはいえ、こんな死に方をされては後味がもの凄く悪い。

なのであたしも助けようとはしたのだが、

——はい、実はあたしも泳げませんでした。


「くっ……。この……っ！」

でも人間不思議なものなのよね……。


——ざっぱーんっ！


ええ、飛び込みましたとも。

思いっきりカナヅチなのに。

「おぶっ……あぶっ……!?」

当然、泳げないのだから溺れるわけで、不覚にもあたしの意識は次第に遠退いてしまったのだった。

◇

「……う、ん～……」

あれ……？

生きてる……？

もしかして海の神さま……いえ、シヌスさまが助けてくださったのかしら……？

そんなことをぼんやりと考えつつ、冷たい石の感触を背に感じながら、あたしはゆっくりとまぶたを開ける。

そこで目にしたのは、

――ちゅう～～～～～っ。


「……」

口をすぼめ、今まさにあたしの唇を奪おうとしている豚男のキス顔だった。

「ひぎゃあああああああああああああああああっっ!?」

――ばちーんっ！

「あびゅううううううううううううっっ!?」

——ごろごろごろごろびたーんっ！

当然、反射的に渾身(こんしん)のビンタをお見舞いしたあたしは、豚の凶行に愕然(がくぜん)と身体(からだ)を震わせていたのだが、

「——あら？　気がつかれましたか？」

「……えっ？」

ふいに女性の声が聞こえ、ゆっくりとそちらを振り向く。

「あなたは……」

「ふふ、ご無事で何よりです」

そこにいたのは、上半身が人間で下半身が桃色の光沢を放つ魚の尾をした女性——そう、〝人魚〟であった。

76章　聖者たちの襲来

——カンッ！　カンッ！　カンッ！

ナザリィさんの大槌を振り下ろす音が小気味よく工房内に響き渡る。

あれから一通りの採寸を終えたナザリィさんは、彼女たちの希望をほかのドワーフたちに伝え、俺の武器製作へと入った。

てっきり全部ナザリィさんが作るのかと思っていたのだが、どうやら彼女の得意分野は主に鍛冶らしく、裁縫などは別のドワーフの方が腕がいいらしい。

というわけで、重要な金属部分以外の工程に関してはほかのドワーフたちにお任せすることになったのである。

里中のドワーフたちがその技術の粋を結集して作業に当たってくれているのだ。

必ずや最高のものに仕上げてくれることだろう。

「……よし、とりあえずこんな感じじゃな。あー、火は止めるでないぞ？　こやつは今〝命〟を注がれている最中なのじゃからな」

「わ、わかりました」

頷（うなず）き、俺は言われたとおり加工中のヒヒイロカネを集束させた炎で包み続ける。

「ふぃ〜……」

すると、ナザリィさんが暑そうに手でぱたぱたと自身を扇（あお）ぎながらこう問いかけてきた。

「そういえば、おぬしが前に使っておった〝魔刃剣（まじんけん）〟とやらは、どこぞの町の鍛冶師に依頼したんじゃったな？」

「ええ。武術都市レオリニアのレイアさんという方に頼みました」

「そうか。確かに多少の制限はあるが、おぬしの力をありとあらゆる武装に変換させるなど、そう易々（やすやす）とできるようなことではない。よほど腕の立つ鍛冶師じゃったのじゃろうな。うむ、あっぱれじゃわい」

「はは、その言葉は今度お会いした時に伝えておきます。稀代（きたい）の天才ドワーフのお墨付（すみつ）きだなんて言ったら、すげえ喜んでくれると思いますし」

「うんむ、大いに伝えておくとええわい。それでさらに腕が上がるのならめっけもんじゃ」

「そうですね。あ、ちなみに〝ドワーフに弟子（でし）入りしたい〟って言ってたんですけど、もしよかったら今度直接会ったりとかってしてもらえたりしますかね？」

「ほほう、それは面白（おもしろ）そうじゃのう。うんむ、考えておこう」

にっと歯を見せて笑うナザリィさんに、俺も「ありがとうございます」と微笑（ほほえ）みを浮かべ、そして尋ねる。

「それで今度の武器はどんな感じになるんですか？」

「くふふ、それを言ってしまったらお楽しみがなくなるじゃろう？　じゃがそうさな、あえて言うとすれば――〝おぬしとともに歩む武器〟じゃ」

「俺とともに歩む武器……？」

それは一体どういう……、と俺が小首を傾げていた――その時だ。

『――おい！　聞こえてんだろ、クソ聖女ども！　さっさと出てこねえと里ごとぶっ潰すぞ！』

「「――っ!?」」

突如里中に男性の怒鳴るような声が響き渡ったのだった。

◇

当然、動けぬイグザの代わりに急いで里の外へと出たアルカディアたちが目にしたのは、不敵な笑みを浮かべている三白眼の男性と、その隣で泰然と佇む筋骨隆々の大男だった。

どちらも人の顔をしてはいるものの、男性は両手足が獣のそれな上、大男は側頭部から左右一本ずつ太い角が生えており、どうやら揃って別々の亜人種のようであった。

「お、やっと出てきやがったか。クックックッ、こいつはいい退屈しのぎになりそうだぜ」

にやり、と嬉しそうに笑う男性に、アルカディアは「やはり聖者か……っ」と聖槍を構えながら問う。

「貴様らは何者だ!?　何故聖者でありながら罪なき者たちを襲う!?」

「はっ、そんなこと知らねえよ。俺はただこのクソみてえに退屈な時間を潰してえだけだ」

「なんだと……っ!?　まさか貴様らはそんな理由でドワーフたちを襲ったというのか!?」

憤りを露にするアルカディアに、男性は鬱陶しそうに言った。

「だから知らねえっつってんだろ？　あれは我らの偉大なリーダーさまが勝手に決めやがったことだ。ドワーフになんざ興味の欠片もありゃしねえよ」

「つまりあなたたちも一枚岩ではないと？」

マグメルの問いに、今度は大男が口を開く。

「然り。ゆえに安心するがよい、聖女たちよ。我らの目的はドワーフどもではない。今日は貴様らの力量を測りに来たまでのこと。個人的な興味からの来訪だ」

「そう。でもその言葉を信じろというのは些か無理があるんじゃないかしら？」

「信じる信じないは貴様らの自由だ。が、我らも暇ではないのでな。戦う意思のない者は大人しく去るがよい。所詮はその程度であったと理解しよう」

大男がそう挑発するように告げると、オフィールが聖斧をやつに突きつけながら言った。

「はっ、いいぜ。ならてめえの相手はこのあたしがしてやるよ、おっさん」

「ちょ、オフィールさま⁉」

何を考えているのかと眉根を寄せるマグメルを手で制し、オフィールは続ける。

「もちろん文句はねえよな？　ええ？　――〝斧〟の聖者さんよ」

オフィールの問いに、大男は背負っていた禍々しい戦斧の柄を握って言った。

「無論だ、赤毛の聖女よ。我が名はボレイオス。ミノタウロスの亜人にして、貴様の言うように〝斧〟の聖者だ」

――ぶんっ！

「「「「――っ⁉」」」」

ただ斧を取り出しただけにもかかわらず、凄まじい風圧が一同を襲う。

だがオフィールは臆さず、逆に笑みを浮かべて言った。

「そうかい！　あたしの名はオフィール！　風の女神トゥルボーに育てられた――最強の聖女さまだッ！」

どぱんっ！　とオフィールが地を蹴り、ボレイオスに飛びかかる。

そうして両陣営の戦いが幕を開けたのだった。

77章　劣勢

「おらおらおらおらッ！　どうした、〝拳(こぶし)〟の聖女！　防戦一方か!?　ああ!?」

「ぐ、う……っ!?」

どがががががっ！　と嵐のような猛攻をティルナはなんとか凌(しの)いでいたのだが、人魚とのハーフである彼女の領分は主に水中ゆえ、純粋な人狼(じんろう)であるシャンガルラ相手には不利な状況であった。

と。

「――はあッ！」

「おっと！」

どがんっ！　とアルカディアの突きをすんでのところで躱(かわ)したシャンガルラは、

「おらあッ！」

――ずがしゃっ！

「「くっ⁉」」

お返しだとばかりにその禍々しくも鋭利な爪で大地を削る。

恐らくはあれも神器なのであろう。

辛うじて躱しはしたものの、なんの武技でもないただの一振りで地面がごっそりと抉られていた。

「はあ、はあ……。さすがに亜人種の聖者が相手だと鳳凰紋章の強化がないのは辛いな……」

「うん……。最初にザナを潰されたのも痛い……」

ちらり、と二人が見やった先では、意識を失っているのか、地面に倒れたザナをマグメルが懸命に治療している最中だった。

戦闘開始早々、脇目も振らずに突っ込んできたシャンガルラに深手を負わされてしまったのである。

大方、自分が近接戦闘特化ゆえ、遠距離攻撃を主体とする彼女は邪魔だと判断したのだろう。

しかもその治療に同じ遠距離系のマグメルもかかりきりになるため、安心して自分の得意分野で戦いを愉しむことができるというわけだ。

どうやらあの見た目で意外と頭が切れるらしい。

そしてもう一つ彼女たちを不利にしていたのが、鳳凰紋章によるイグザからの援護がないということだった。

恐らくはヒヒイロカネの加工に全力を注いでいるため、こちらにまで力を回す余裕がないのだろう。

まったく最悪のタイミングでやってきてくれたものである。

このままでは……っ、とアルカディアは警戒したまま背後を見やる。

――ずがんっ！

「ぐはあっ⁉」

そこではボレイオスの一撃によって吹き飛ばされたオフィールが、ちょうど岩の壁に叩きつけられている最中だった。

◇

「くっそ……。この筋肉ダルマが……っ」

激痛の走る身体を鞭打ち、オフィールが弱々しくも再び聖斧を構える。

そんな彼女を、ぱっと見、無傷のボレイオスが静かに見下ろして言った。

「ふむ、〝最強の聖女〟の力とはこの程度のものなのか？」

「はっ、馬鹿言いやがれ……っ。今までのは準備運動だ……っ」

「ほう、それを聞いて安心したぞ。こっちはまだ三割程度の力しか出していないのだからな」

「へっ、ならせいぜい気張るこったな、おっさん……っ。こいつはあたしのとっておきなんだからよ……っ！」

——ぶひゅうっ！

その瞬間、オフィールの周囲に暴風が渦巻き、彼女の身体がめりめりとパンプアップする。

「ほう？　なかなかいい闘気だ。確かに少々気張る必要がありそうだな」

そう言うと、ボレイオスはずんっと大地を踏み締め、神器を大きく振りかぶった。

そして。


「——《神纏》風絶轟円衝ッッ!!」


暴風を味方につけたオフィールがさらに身体を何度も捻り、最大限の遠心力を加えて渾身の一撃を放つ。

「ぬおあああああああああああああああああッッ!!」

対するボレイオスの一撃はまさに力任せの超剛撃。


——どがあああああああああああああああああああんっっ!!

その二つが真正面からぶつかり合い、衝撃で地面が陥没（かんぼつ）――目映（まばゆ）い閃光（せんこう）が辺（あた）りを峻烈（しゅんれつ）に照らす中、必死に歯を食い縛（しば）るオフィールとは対照的に、ボレイオスは口元に笑みを浮かべて言った。

「素晴らしい研鑽（けんさん）だ、聖女オフィール。人の身でよくぞここまで練り上げた。純粋に称賛の言葉を贈ろう。――だが！」

「――っ!?」

ぐぐぐ、とオフィール最強の一撃をボレイオスが押し返し始める。

「この……っ」

オフィールも負けじと今持てる力の全（すべ）てを以（もっ）て武技を繰り出し続けていたのだが、

「ぬああああああああああああああああああああッッ!!」

どぱんっ！　と抵抗むなしく弾（はじ）かれてしまった。

「く、そ……っ」

無理矢理両腕を上げさせられ、無防備のまま滞空するオフィールに、破壊の権化（ごんげ）が無慈悲（むじひ）に迫る。

「なかなか楽しかったぞ、聖女オフィール。しばし眠るがよい」

「「オフィール!?」」「オフィールさま!?」

ぶうんっ、と振り上げられた神器の柄(え)が、オフィールの顔面に振り下ろされようとした——

その時だ。

——どがんっ！

「ぐおおっ!?」

「「「「——っ!?」」」」

突如(とつじょ)ボレイオスの巨体が後方に向けて宙を舞い、シャンガルラを含めた全員の目が丸くなる。

と。

——ぼふんっ。

「……えっ？」

ふいにオフィールが誰かに抱き止められ、彼女は呆然(ぼうぜん)とその人物を見上げる。

「——待たせてごめんな。もう大丈夫だ」

「あんた……」

そこで微笑(ほほえ)んでいたのは、言わずもがな彼女の旦那(だんな)でもある救世の英雄——イグザであった。

「「イグザ！」」「イグザさま！」」

女子たちの呼びかけに無言で頷いた俺は、スザクフォームでオフィールをお姫さま抱っこしたままマグメルたちのもとへと赴く。

するとアルカたちも合流してくれたので、俺は全員に範囲治癒術を施した。

「う、ん～……」

「大丈夫か？　ザナ」

「……ええ、心配ないわ。マグメルもありがとう。ずっと治癒術をかけ続けていてくれたのでしょう？」

「いえ、ご無事で何よりです」

ザナが意識を取り戻したことで、マグメルもほっと胸を撫で下ろしているようだ。

「さてと」

全員の無事を確認した俺は、彼女たちをこんな目に遭わせたやつらへと視線を向ける。

「クックックッ、やっと本命のお出ましってわけか。——ざまあねえな、デカブツ！」

「……ああ、弁解の余地もない。この俺が防ぐことすら叶わなかった。やつは強いぞ」

三白眼の男の呼びかけに、大男がむくりと身体を起こす。

そんな中、アルカが「気をつけろ、イグザ」と忠告してきた。

「やつらの名はシャンガルラとボレイオス。それぞれ〝拳〟と〝斧〟の聖者だ」

「ああ、そうじゃないかと思ってた。遅れて悪かったな。あとは俺に任せてくれ」

そう言ってぽんっと頭を撫でた俺に、アルカは一瞬面食らった様子で、「う、うむ……」と恥ずかしそうに頷いていた。

「ずるい。わたしも頑張ったのに……」

当然、後ろの方でティルナが頬を膨らませていたので、俺はふっと顔を綻ばせながら彼女の頭も同様に撫でてやる。

そして全員に離れているよう告げ、再び聖者たちと対峙した。

「はっ、俺たち二人を一人で相手するってか？　かっけえなぁ、救世主さまはよぉ」

「それに足るだけの実力があるということだ。甘く見ていると足をすくわれるぞ」

「はっ、そいつはどうかなッ！」

だんっ！　と地を蹴り、シャンガルラが大振りの特攻を仕掛けてくる。

が。

――ずがんっ！

「ぐがあっ⁉」

「「「「「――なっ⁉」」」」」

突如振り下ろされた大剣がやつを地面に叩きつけたのだった。

◇

「がっ……⁉」

全身の骨が軋む音を聞きながら、シャンガルラは理解に苦しんでいた。

シャンガルラの一撃は間違いなく目の前の男を捉えるはずだったのだ。

なのに気づけばこちらの方が倒され、地べたに這い蹲らされていた。

しかもどこから取り出したのかもわからない真紅の大剣に押し潰されてだ。

「て、てめえ……っ」

シャンガルラが憤りに満ちた視線を男――救世主へと向ける。

やつが武器を抜いた素振りは一切見えなかった。

いや、そもそもやつは武器を所持してさえいなかったはずだ。

エリュシオンの話だと、この男は一振(ひとふ)りの短剣を様々な武器へと変化させて戦うという。

ところがどうだ。

そんな短剣などどこにも見当たりはしないではないか。

ならば今やつが握っているこの武器はなんだ？

こんなもの、シャンガルラは知らない……っ。

こんなもの……っ。

と。


「――ふんッ！」


どがんっ！　とボレイオスが神器(じんぎ)を振るう。

大方、シャンガルラを助けようとしたのだろう。

余計な真似(まね)を……っ、とシャンガルラは唇(くちびる)を噛(か)み締めていたのだが、

「――なっ!?」

そこでボレイオスともども驚愕(きょうがく)に目を見開く。

当然だろう。

何せ、やつは二本目の大剣でボレイオスの剛撃を受け止めていたのだから。

先ほどと同様に、やつは一瞬にして武器を取り出したのである。

そして〝一瞬で取り出せる〟ということは、すなわち〝一瞬で消せる〟ということ。

「――《神纏》金剛破弾ッッ!!」

――どぱんっ！

「ぐぼあっ!?」

二本の大剣を同時に消失させた救世主は、即座に右腕に真紅の籠手を纏い、並大抵の攻撃ではびくともしないはずの腹筋を誇っていたボレイオスの鳩尾に深く拳を食い込ませた。

「……そういう、ことかよッ！」

ボレイオスの巨体が再び宙を舞う中、重しのなくなったシャンガルラもまたやつに向かって特攻を仕掛ける。

「――っ！」

「ぐっ!?」

だがそれを予期していなかった救世主ではなかったようで、すでに飛びかかろうとしていたシャンガルラに向けて左手で杖を構えていた。

そして。

「――《神纏》愚龍包炎舞ッッ!!」

――ごごうううううううううううううっ！

「があああああああああああああああああああっっ!?」

まるで海竜のようにうねる炎の螺旋が束となってシャンガルラを呑み込んだのだった。

◇

「す、すげえ……」

「ああ、イグザさま……。素敵すぎます……」

「やだ、どうしよう……。思わず妊娠してしまったわ……」

「たぶんそれはザナの気のせい。でもその気持ちはわかる。イグザ、凄くかっこいい……」

「う、うむ、確かに凄まじい強さなのだが……しかしあれは一体……」

女子たちが揃って驚きの声を上げる中、俺は両手の武器を再度消失させる。

「――がはっ!?」

すると、消し炭になる寸前だったシャンガルラが必死に上体を起こそうともがきながら言った。

「……てめえ、武器を身体に〝同化〟させてやがるな……っ」

「「「「！」」」」

その言葉に、女子たちが揃って目を丸くする。

見破られてしまったものは仕方あるまい。

ああ、と頷き、俺は両手の甲に刻まれている勾玉形の紋章を輝かせながら、見せつけるようにゆっくりと片刃剣を取り出して言ったのだった。

「無限刃――〝アマテラスソール〟。それが俺の新しい力だ」

人魚はその名を〝セレイア〟といった。

なんでも偶然溺れたあたしたちを見つけ、助けてくれたらしい。

豚の凶行に関しても、意識の戻らないあたしを心配して人工呼吸を行おうとしてくれたのだとか。

それだけ聞くと全力でぶっ叩いたあたしの方が悪いようにも思えるのだが、しかしあたしはセレイアから聞いてしまった。

――元々彼女があたしに人工呼吸しようとしていたということを。

にもかかわらず、あの豚はやたらと男らしい顔で〝自分がやる〟と言い出したという。

聖女であるあたしを守るのは自分の役目だからと。

へえー……。

いや、あんた単純にあたしとキスしたかっただけでしょ⁉

何をかっこつけて〝俺が守る！〟みたいに言ってくれちゃってんのよ⁉

なんなら心臓マッサージとか言っておっぱい触ろうとしてたんじゃないの⁉

あーおぞましい⁉

まさに性欲の権化よ、権化⁉

ちょっとあとで下着がなくなってないか調べないとダメだわ⁉

いえ、むしろもう全部買い替えよ、買い替え！

あの豚、絶対被ってそうだし⁉

いや、穿いてすらいるわ、絶対！

ぶるぶると自身の身体を抱き、あたしが未だ目を回している豚にどん引きしていると、セレイアが小首を傾げて言った。

「それであなた方はシヌスさまに会いにいらしたのですか？」

「え、ええ、そうなのです。イグザさまもお会いになられたと聞きましたもので」

「まあ！　ではあなた方はイグザさんのお知り合いで？」

ぱあっと顔を明るくさせるセレイアに、あたしも微笑して頷く。

「ええ、もちろんです。今でこそ別行動をしていますが、元々彼とは一緒に旅をしていた間柄でしたから」

嘘は言ってないわよ？

あいつがこのあたしを捨てたことはさておき。

「まあまあ、そうでしたか。聖女と聞き、もしやとは思っていましたが……」

「ふふ、そうなのです。ですから彼と再び合流した時に足を引っ張らぬよう、そして人々の一層のお役に立てるよう女神さま方のもとを訪れておりまして」

「なるほど。事情はわかりました。そういうことでしたら私があなた方をシヌスさまのもとへとご案内いたしましょう」

「ありがとうございます！　命を救っていただいた上、そこまでしていただけるなんて、本当に感謝の言葉もございません」

そう頭を下げつつ、あたしは内心よしっと拳を握る。

これで海中移動問題もクリアだわ！

さっすがあたし！

というわけでさっさと起きなさいよね、豚！

そうしてあたしたちはセレイアの案内のもと、海の底にあった人魚の里――ノーグに到着し、

そのままシヌスさまのいるという水神宮へと向かったのだが、

「――よくぞここまで辿り着きましたね、人の子らよ」

――ぼぼーんっ。

「「――っ!?」」

いや、乳でかっ!? と彼女の巨体の方よりも、むしろそのおっぱいにめっぽう驚いていたのだった。

79章　アマテラスソール

話は少々前へと遡る。

里の外から絶えず響いてくる戦闘音に焦燥感を抱きつつ、俺はナザリィさんと新武装の最終調整を行っていた。

だが彼女の作っていたのは武器ではなく、何か勾玉のような形をしたもので、俺も本当に大丈夫なのかと杞憂を抱く。

そしてきっとそんな感情が顔に出ていたのだろう。

「安心せい。こいつは必ずおぬしの力となる」

俺を落ち着かせるためか、ナザリィさんが手を動かしながらそう言った。

「でも……」

「わかっておる。じゃから少しだけわしの話を聞け。おぬしは実際に見ておらんから知らんじゃろうが、聖神杖が生まれた際、ヒヒイロカネ製の聖杖が粒子となり、なんの素材かもわからん神器に取り込まれた。ここからは完全にわしの推測なのじゃが、恐らく神器は〝神の力が物質化したもの〟なのではないじゃろうか」

「神の力が物質化したもの……？」

「そうじゃ。それと聖杖が融合したということは、ヒヒイロカネには神の力との親和性があるということにほかならん」

「親和性……。つまり〝相性がいい〟ってことですか？」

俺の問いに、ナザリィさんは「うんむ」と大きく頷く。

「そしておぬしは覚えておるか？　たとえ手元にあらずとも、聖具は呼べばいつどのような場所にでも現れるということを」

「ええ、覚えています。俺がアルカと戦った時もそうでしたから」

あの時はアルカの呼びかけに応じ、粒子状のものが形を成して聖槍へと姿を変えたのだ。

だがそれが一体どうしたというのだろうか。

俺がいまいち要領を得ないような顔をしていると、ナザリィさんはにやりと不敵な笑みを浮かべて言った。

「じゃからこいつを――おぬしの身体に取り込ませる」

「えっ!?」

愕然と固まる俺に、ナザリィさんはその真意を説明する。

「おぬしはすでに神に近い存在にある。四大神の力を賜り、あまつさえ女神と直接交わったのじゃからそれも当然じゃ。であればその力にヒヒイロカネが順応せぬはずがない。というより、おぬしはずっと以前からヒヒイロカネに順応しておったのじゃぞ？」

「俺がヒヒイロカネに……？」

どういうことかと瞳を瞬かせる俺の胸元を指差し、ナザリィさんは言った。

「――フェニックスローブ。そいつはヒヒイロカネの繊維で編まれたものに間違いない。じゃからおぬしとともに再生し、おぬしの力で〝スザクフォーム〟という戦闘モードへと変化しておるのじゃ」

「そ、そうだったんですか!?」

驚愕の事実である。

つまり俺はマルグリドに行った時点ですでに最強の防具を手に入れていたのだ。

「うむ、恐らくはのう。ゆえにそれらの話から、わしは神器を神の力の結晶と位置づけし、こいつを作ることを決めた。この無限刃――〝アマテラスソール〟をのう」

「アマテラスソール……っ」

ごくり、と固唾を呑みながら見下ろした先にあったのは、燃えるような輝きを放つ真紅の勾玉だった。

「こいつはおぬしの成長に合わせて武具型も変わるよう叩き込んである。上手く発動してくれるかどうかは正直賭けじゃが、まあ使い手がおぬしであれば心配あるまい。もちろん確証などは一切ないぞ？　じゃがおぬしを見ておるとなんじゃ、不思議とそう思えてくるから困ったもんじゃわい」

「ナザリィさん……」

にっと恥ずかしそうに笑うナザリィさんに、俺の口元も自然と綻ぶ。

すると、彼女は「うんむ」と頷き、こう続けた。

「さあ、完成じゃ。上着を全て脱いでこっちを向け」

「わかりました」

ナザリィさんの指示通り裸になった俺の胸元に、彼女はぴとりとアマテラスソールを宛がってくる。

それはまるで人肌のような温かさを持っており、〝命〟が宿っている証拠だと彼女は言った。

「では行くぞい」

「はいっ」

――ぎゅるりっ。

「う、ぐ……っ⁉」

その瞬間、アマテラスソールが俺の胸に沈み込み、赤い光の筋となって身体の隅々にまで広がっていく。

それはやがて形を変え、タトゥーというよりは紋章のような感じで俺の身体中に刻まれたのだった。

◇

そうしてアマテラスソールを取り込んだ俺は、今まさに聖者たちを圧倒していた。

俺の身体……いや、〝炎〟と融合したヒヒイロカネが、現状最強の武具型として即座に再現できるようになっていたからだ。

これがアマテラスソールの力。

俺の――新たなる刃だ。

「アマテラスソールだと……っ」

「そうだ。俺は状況に応じて様々な武器を自在に取り出すことができるんだよ」

「クックックッ、いいねえ……っ。てめえは最高に殺しがいがありそうだぜ……っ」

口元を雑に拭いながら立ち上がったシャンガルラは、この状況でもなお余裕の笑みを浮かべて言った。

「なら俺も——力の出し惜しみはしていられねえよなあッ！」

「！」

べきばきっ！　と身体中を軋ませ、シャンガルラの威圧感が急激に増していく。

すると、ボレイオスが少々慌てた様子で声を張り上げた。

「やめろ、シャンガルラ！　今はまだその時ではない！」

「うるせえぞ、デカブツ！　てめえは黙って見ていやがれ！　こいつは俺が——」

と。

「——そこまでだ、シャンガルラ」

「「「「「「——っ!?」」」」」」

ふいに別の男性の声が辺りに響き、俺たちは揃って声のした方を見やる。

いつからそこにいたのだろうか。

俺たちの視線の先で静かに佇んでいたのは、額から二本の角を生やした三十代前半くらいの男性であった。

あとがき

お久しぶりです。

早いもので『パワハラ聖女』も三巻目となったわけですが、なんと嬉しいことにこの度一巻に重版がかかりました！

これも全て応援してくださっている皆さまのおかげです。

本当にありがとうございます！

というわけで、今回もネタバレにならない程度に内容紹介をさせていただけたらと思います。

前回、二人の聖女に加え、〝斧〟の聖女オフィールと〝弓〟の聖女ザナをお嫁さん兼仲間にしたイグザは、〝水〟と〝繁栄〟を司る女神シヌスに会うため、港町イトルで〝人魚〟の情報を集めていました。

が、そこで漁場を荒らしている海竜の背に〝ヒレのような耳を持つ少女〟が乗っているという話を聞き、さらにそれが人魚の特徴の一つであることを知ります。

何故女神とともに海の平和を守っているはずの人魚が海竜を引き連れて海を荒らしているのか。

謎の占い師に〝聖女を七人集めろ〟と言われたイグザは本当にエルマを仲間にしなければならなくなってしまうのか。

そしてうっかり風の女神トゥルボーの結界を通り抜けてしまったエルマたちの運命やいかに――!?

というような感じの本作ですが、ほかにも占い師の女性と行動をともにする謎多き亜人種の男性の登場など、物語はどんどん加速していきますので、是非マッパニナッタ先生の美麗なイラストとともに楽しんでいただけたら幸いです。

とくに口絵に関しては修正前だとお尻の（以下自主規制）。

と、気になる文言を残しつつ、謝辞の方に移らせていただけたらと思います。

イラストレーターのマッパニナッタさま、前回、前々回に引き続き、今回も最高のイラストを本当にありがとうございました。

担当編集さま並びに本作の刊行に携わってくださいました全ての皆さま。

そして何よりこのあとがきを読んでくださっている読者さまに心よりのお礼を申し上げます。

本当にありがとうございました。

今後とも応援のほどをどうぞよろしくお願いいたします。

くさもち

ダッシュエックス文庫

【第5回集英社ライトノベル新人賞特別賞】
終末の魔女ですけどお兄ちゃんに二回も恋をするのはおかしいですか？
妹尾尻尾（せのおしっぽ）　イラスト／呉マサヒロ

終末の魔女ですけどお兄ちゃんに二回も恋をするのはおかしいですか？２
妹尾尻尾　イラスト／呉マサヒロ

遊び人は賢者に転職できるって知ってました？
～勇者パーティを追放されたLv99道化師、【大賢者】になる～
妹尾尻尾　イラスト／TRY

遊び人は賢者に転職できるって知ってました？２
～勇者パーティを追放されたLv99道化師、【大賢者】になる～
妹尾尻尾　イラスト／柚木ゆの

異形の敵と戦う魔女たちの魔力供給源は、大好きなお兄ちゃん。肉体的接触でしか魔力は回復できなくて…エロティックアクション！

事件解決後、一緒に暮らしていた紅葉と昴のもとに、三女・夕陽が押しかけ同居!?　爆乳姉妹に挟まれて、昴もついに限界突破か…？

様々なサポートに全く気付かれず、ついに勇者パーティから追放された道化師。道化をやめ、大賢者に転職して主役の人生を送る…!!

道化師から大賢者へ転職し、爆乳美少女2人と難攻不落のダンジョンへ！　だが彼らの前に、かつての勇者パーティーが現れて…？

遊び人は賢者に転職できるって知ってました？3
～勇者パーティを追放されたLv99道化師、【大賢者】になる～
妹尾尻尾
イラスト／柚木ゆの

劣等眼の転生魔術師
～虐げられた元勇者は未来の世界を余裕で生き抜く～
柑橘ゆすら
イラスト／ミユキルリア

劣等眼の転生魔術師2
～虐げられた元勇者は未来の世界を余裕で生き抜く～
柑橘ゆすら
イラスト／ミユキルリア

劣等眼の転生魔術師3
～虐げられた元勇者は未来の世界を余裕で生き抜く～
柑橘ゆすら
イラスト／ミユキルリア

『天衝塔バベル』を駆けあがり、ついに因縁のトールドラゴンと激突！　もちろん攻略の合間には〝遊び人〟全開の乱痴気騒ぎも…♥

眼の色によって能力が決められる世界。未来に魂を転生させた天才魔術師が、魔術が衰退した世界で自由気ままに常識をぶち壊す！

成り行きで魔術学園に入学したアベル。だが最強の力を隠し持つ彼を周囲の人間が放っておかない！　世界の常識をぶち壊す第2巻！

最強魔術師アベル、誰にも心を開かない「氷の女王」に懐かれる!?　一方、復讐を目論むテッドの兄が不穏な動きを見せていたが…？

ダッシュエックス文庫

劣等眼の転生魔術師4
〜虐げられた元勇者は未来の世界を余裕で生き抜く〜
柑橘ゆすら
イラスト／ミユキルリア

劣等眼の転生魔術師4.5
〜虐げられた元勇者は未来の世界を余裕で生き抜く〜
柑橘ゆすら
イラスト／ミユキルリア

劣等眼の転生魔術師5
〜虐げられた元勇者は未来の世界を余裕で生き抜く〜
柑橘ゆすら
イラスト／ミユキルリア

史上最強の魔法剣士、Fランク冒険者に転生する
〜剣聖と魔帝、2つの前世を持った男の英雄譚〜
柑橘ゆすら
イラスト／青乃下（あおのしも）

古代魔術研究会に入会し充実した生活を送るアベル。だが上級魔族が暗躍し、その矛先が夏合宿を満喫する研究会に向けられる…！

転生前のアベルを描く公式スピンオフ前日譚。孤高にして敵なしの天才魔術師が立ち向かった事件とは⁉　勇者たちとの出会い秘話も‼

国内最高峰の魔術結社「クロノス」からスカウトを受けるも一蹴するアベル。一方、学生にとっての一大行事、修学旅行が始まって⁉

その最強さゆえ人々から《化物》と蔑まれた勇者は再び転生。前世の最強スキルを持ったまま、最低ランクの冒険者となるのだが…？

ダッシュエックス文庫

パワハラ聖女の幼馴染みと絶縁したら、何もかもが上手くいくようになって最強の冒険者になった3
～ついでに優しくて可愛い嫁もたくさん出来た～

くさもち

2021年10月30日　第1刷発行

★定価はカバーに表示してあります

発行者　瓶子吉久
発行所　株式会社　集英社
〒101−8050　東京都千代田区一ツ橋2−5−10
03（3230）6229（編集）
03（3230）6393（販売／書店専用）03（3230）6080（読者係）
印刷所　図書印刷株式会社
編集協力　法貴仁敬（RCE）

ISBN978-4-08-631441-1 C0193